U0934518

爱情路野

白晶 ◎著

这是一部女人的史诗！

这是一个人性与伦理、灵与肉、欢悦与痛楚

相互交织的爱情故事。

新世界出版社
NEW WORLD PRESS

图书在版编目(CIP)数据

爱情跑单／白晶著.—北京：新世界出版社，2009.7

ISBN 978-7-5104-0393-4

I. 爱… Ⅱ.白… Ⅲ.长篇小说－中国－当代 Ⅳ.I247.5

中国版本图书馆 CIP 数据核字(2009)第 097041 号

爱情跑单

作　　者：白　晶

责任编辑：连　慧

封面设计：唯吾工作室

版式设计：魏　华

责任印制：李一鸣　杨　军

出版发行：新世界出版社

社　　址：北京西城区百万庄大街 24 号(100037)

发行部：(010)6899 5968　(010)6899 8733(传真)

总编室：(010)6899 5424　(010)6832 6679(传真)

http://www.nwp.cn

http://www.newworld-press.com

版权部：+8610 6899 6306

版权部电子信箱：frank@nwp.com.cn

印刷：三河市华业印装厂

经销：新华书店

开本：660×960　1/16

字数：160 千字　印张：14

版次：2009 年 8 月第 1 版　2009 年 8 月第 1 次印刷

书号：ISBN 978-7-5104-0393-4

定价：25.00 元

引　子

夫天地者，万物之逆旅也；

光阴者，百代之过客也。

而浮生若梦，为欢几何？

——李白《春夜宴诸从弟桃李园序》

怀了孩子，竟猜不出他的父亲是谁！天底下，哪有比这更离谱、更八卦的事？但是，这事儿就让27岁的美丽女人艾静遭遇了。

她掀着结出恶果的那段荒唐日子……若在他们间找到谜底，她就能从这座痛苦的城池中突围，属于自己命运的缰绳也可以被自己紧紧勒住。

但是，这又谈何容易？她仍要做，仍要把遗失的那块极重要的拼图找回来。似乎只有这样，“俄狄浦斯”情结抑或“伊利克特拉”情结的创伤，才能得到修复抑或弥合。

只是，她做得到吗？

Chapter 1

“刮宫手术，做还是不做？”大夫把病历本往前一扔，语气显得有些不耐烦。职业性的声音，冷得像冬日结冰的湖面。犹如屠夫在问牲畜的主人：“宰还是不宰？”

“您，您刚才说这个孩子，如果——”

“你都做过两次流产了，上一次还引起了炎症。再做刮宫手术，子宫就成烂网兜了，想再怀孕也难了！”

大夫的话，把艾静吓了一跳。她还不曾走入婚姻的殿堂，有个孩子陪在自己身边，却还是想的。只是，这孩子以这种方式降临，她却没有料到。

在她还想问什么时，大夫的语气更加冰冷了：“你想好再说吧！”没等艾静再说什么，她便头也不抬地喊着：“下一个！”

走廊的座椅上，候诊的年轻女子们大都是由人陪着来的，不是她们的母亲、阿姨，便是他们的丈夫或男友。艾静涨红着脸在他们面前走过时，像极了一段漂浮在河面上的木头，呆滞中透着极度的不安。她加快了逃离的脚步。

一句话，还是像锋刃一样闪着寒光，刺痛了她的眼睛：“那些流血的记忆仍在，血干了，伤口依然新鲜。”这是遗留在她梦境堤岸上的句子，只是，这枚记忆的贝壳，又怎是她能拾得起的？

Chapter 2

“怎么不吃?听林阿姨说你这几天胃口不好,这汤可是我专门让她给你煲的！香着呢！”田野看着艾静,语气很是温柔。

桌上的冬虫夏草狗肉汤,艾静连看一眼的兴趣都没有。怕田野失望,她还是勉强喝了一口。只是一小口,胃还是被翻搅起来。她很想跑到卫生间,痛痛快快地吐上一场,但她还是使劲地忍住了,她不想让田野知道自己怀孕的事。

与田野生活的这四年,他对她还是体贴入微的。虽然她不曾爱过他。

田野望着艾静涨红了的脸,伸手摸向她的脑门,问道:“你没发烧吧？”

艾静下意识地把头往旁边一闪,说:“没!是昨晚没睡好!我还是先去屋里躺一会儿吧。”

望着艾静的背影,田野好像是对自己又好像是对艾静说:“好好的日子不过,想写什么小说,想当什么作家呀！天天在家坐着就是作家了?要不这样,我找个人一天不停地和你说话,没完没了地说,这不就成了长篇小说了？”说完,他便把头埋汤碗上,津津有味地咂着嘴吃起来。

大夫的话,小锤子似的又一次在艾静耳鼓上猛敲。曾经的小生命还没有形成,就被拿了去。像一个个落在白纸上的错误,哪是用橡皮擦就能擦去那么简单的?

怨得了谁呢？艾静重重地叹了口气。

为了转移注意力,不让自己再艰难地跋涉在这些糗事里,艾静拿出杜拉斯的《琴声如诉》。这是她最爱的一本小书，薄薄的，没什么情节，却撒满了杜拉斯的心情：

在一间咖啡馆里，一个女人被她深爱的男人用手枪射中了心脏，她让他这么做。她爱他。她想永远留住他的爱。于是，她让他把她杀了。枪杀案后，又一对男女不期地约在这间咖啡馆里。在他们对那件枪杀案的谈论中，感情也日笃起来。感觉自己将无法自拔时，女人在男人给她一个深情之吻后，却再也不去那个咖啡馆。她不想再这样进行下去，成为步被枪杀女人后尘的另一个女人。

艾静之所以喜欢杜拉斯的书，是她能在里面找到自己想要的东西或她想要的许多感觉，字里行间都有。

客厅里传来田野的鼾声。

艾静常常感到纳闷，田野的鼾竟然还可以这样打，就像一个一开口说话就喜欢高门大嗓的人，不那样说话好像就不会说话似的；而田野不那样打呼噜，好像就睡不着。

若艾静躺在田野身边，听着他煞有介事的鼾声，她的耳朵就会“嗡嗡”地噪响个不停，那感觉不亚于一场对听觉的恶意轮奸，让她想起来都觉得害怕。所以，在她的极力要求下，田野还是顺从了她，让她单独睡一间。

艾静走过去把电视机关了。

“别，别，我还看呢！”

电视机关掉的同时，田野却睁开眼睛说话了。这样的情形出现了很多次了，每次都是电视剧热热闹闹地播着，田野也“热闹”地睡着，但只要电视一关，他就醒了。

艾静叹了口气，又把电视机打开了。与此同时，田野的鼾声又像警报器似的拉响了。

走到阳台上，有清冷的风吹来，直灌到心底。她不由得打了个寒战，并下意识地把睡袍裹紧。

初秋了。一天冷似一天，老天爷安排的事儿谁也阻止不了，就像谁也阻止不了田野那恼人的鼾声。天上没有月亮，也没有一颗星星。

不远处的墙根儿，叫春的猫儿“喵呜喵呜”地叫得人心里发毛，乍听上去像谁家的孩子刚死了妈一样，乖张惨烈得让人不忍去听。

比这更痛苦的嘶鸣，却响在了艾静的心里，只是别人听不到。

Chapter 3

又失眠了。

有雨声传来。虽然隔着窗子,艾静的心绪好像还是被浇湿了。主卧室那边,田野的鼾声还是穿透艾静这边紧闭的房门,在她的面前肆意而夸张地响着。

和比自己大近二十岁的男人绑在一起,这样的日子还要过多久呢?还有肚子里的孩子,田野想要吗?他早已有一个上大学的儿子了。况且,她也不能断定肚子里的孩子就是他的!

虽然艾静不爱他,但她却不愿让他养其他男人的孩子。付出了那么多感情、那么多的疼爱,有一天却发现是他养着的女人离经叛道的种子。那么多不计代价的付出与心爱,却结出了背叛的果实,谁遇到了这种事都会起意杀人的。这不像那些从一开始就知道孩子是别人的,因爱着女人,也爱屋及乌地爱她的孩子。这两者之间有着天壤之别。

不爱,却让他去背负一个过重的情感与责任的行囊,艾静感觉这就像是一桩深重的罪孽,她一辈子都扛不起,更何况是田野呢?若把孩子拿掉,以后也许自己再也不会有孩子了,这种惩罚,让她更难以接受。

曾经的海誓山盟,像一卷仍透着鲜墨味道的画轴,在艾静眼前依次铺展开。虽不忍卒读,但她仍要把记忆的伤疤狠狠地揭开。

这关乎肚子里孩子的去留,也关乎自己的后半生。

Chapter 4

那是四年前的事了。

那天早上，艾静艰难地睁开眼睛，恍惚中看到一张陌生中年男人的脸正摆在她面前。那张不胖但还算是有棱角的脸显得有些浮肿，深陷在眉骨下的眼睛布满了血丝，下方兜起一圈青色的眼袋，让那双不大的眼睛活像装在里面的两尾小鱼儿。

"醒了？"男人使劲地搓着双手，为她能睁开眼睛感到兴奋，脸上不多的肌肉似乎也在抽动着。

"你可知道，你已睡了三天！"他带有南方口音的普通话，说不上有磁性，却也厚实温和。

艾静打量着眼前这个男人，中等身材，不胖。虽然极度缺少睡眠，却掩不住眼睛里面泛起的光芒，举手投足间给人一种精明又不乏真诚的感觉。

她不认识他。可他坐在自己身边，肯定与自己有某种密切的关联。否则，他不会坐在这里，而且还用那种异常关切的眼神望着她。

这时艾静才注意到，自己头顶上方吊着输液的瓶子，臂上插着管子，有液体正一滴滴地往静脉里送。旁边桌上的心脏监控器"嘀嘀"作响。

"为什么救我？为什么不让我死？为什么？"这句话在艾静的咽喉里翻腾了半天，还是被她艰难地吐了出来。

"你太年轻了！还有那么多好日子没过呢！"男人像叹息一样的声音随着气息吐了出来，"要不是那晚我喝多了酒，刚好到海边去透透风，刚好遇见你投海的那一幕……是上天之手在挽留你！是他还不想收你回去，你知道吗？”

男人的语速很慢，每一个字窜进她的耳洞时，温柔得让她都不敢细听。

“你肚子里的孩子没了，医生说……”男人伸出手来，像是安慰似的帮她把额头散乱的一缕头发捋到耳后。

啊？孩子？这时她才想起肚子里还曾有过一个孩子！当时她那么想要他，现在却没了。越想要的老天却越不愿给。当你拼命想留住什么的时候，那个什么也许已离你越来越远；想珍惜时，将被珍惜的却已丢失。只是，她命都不想要了，孩子对她来说还有什么意义？

“你不该救我！真的不该！”她猛地摇头，腹部被扯得疼痛难忍，下体有东西突然流了出来。她曾有过一次人工流产的经验，她知道下面一定出血了。她停下来，嘴里还在嚅嗫着：“你真的不该……”

“你的家人呢？要不要叫我联系他们？”男人不想再在这个问题上纠缠，便转移了话题。

“家人？”艾静想，若自己远在宁夏固原小村的父母，知道她现在的样子，准会气疯的。那里民风淳朴，观念传统，容不得自己家人有离经叛道的举动……好像都是这样：越是拙朴的，就越是传统守旧；他们受外来事物的影响越小，就越不容外来事物的干扰。也许，正是由于地域及世事的隔离，才让他们留住了属于自己的东西。

唉，家人！艾静不由得想到了一个人，肖俊雄，他若真称得上是家人的话，她还能走到这一步？投海，还不全是为了他……

艾静的双眉抽搐了一下。好像是身体上的疼，又好像是心上的。

面前的男人知趣地闭嘴了，静静地望着她，把她露在白被单外的手紧紧地握住了。

艾静则把脸扭向一边，泪水又流了下来。

Chapter 5

如果对残酷的人不够残酷，就有可能遭遇更大的甚至毁灭性的摧残。这个道理，艾静不是不懂，可事情到了跟前，她却一次次忍让退缩，以致最后把心灰意冷的自己，逼进了广阔无边的大海。

还是在放暑假的时候，工作才一年的艾静领着班里的学生军训回学校了。虽然只有半个月，但那种在太阳底下陪着学生立正稍息的日子，还是让她深感疲惫。她好想回家，好想躺在家里昏天黑地地睡上几天。还有俊雄，她好想让他抱抱自己，她的肌肤与心灵像一张多日没有进食的嘴巴，焦渴得像被太阳灼伤的土地！

家就在眼前了，艾静有些兴奋。虽然它还是临时租来的房子，有俊雄在，她的家就在。当她看到自家窗子上拉着窗帘，有灯光隐隐地透出来时，她的心好像一下子扑向了他的怀里。

她抑制着激动，悄悄转动着房门钥匙，她想给他一个意外的惊喜。推开门，她看见了床上那不堪入目的一幕，她脸上霎时起了丰富的变化，像变脸演员一样，由红到青再到白，依次变换着。她脸上所有的笑意一下子僵住了，接着是惊恐，而后是愤怒。

半年前，在为醉酒后的他宽衣时。解开衬衣钮扣的那一刻，她傻眼了，他的胸大肌及颈侧布满了紫红色的呈蝴蝶状的吻痕。难怪他有时候会和衣而睡，并一连好几天。她曾问过他为什么，他说自己感冒了，怕受风寒，原来他是为掩盖偷欢后的痕迹！

那次，艾静出走了。第二天上班时，她在学校门口看到了抱着一大束粉色香水百合的俊雄。金色的朝辉洒了穿着白色休闲运动衣的俊雄一身，艺术家特有的长发在肩头随风拂动，再加上他高大的身材，冷峻的外表，站在进进出出的学生及老师间，有种鹤立鸡群之感。看到艾静走来，他抱着花迎了上去。

艾静不理他，他就站在她面前。艾静侧身想躲开，他又迎上去，说："老婆，你的学生有错你都能原谅，可老公认识到自己的错误，向你赔罪，你怎么不能一视同仁，给他一个机会？"一些同事或学生驻足在那里，饶有兴趣地望着他们。有位上了岁数的女老师甚至走上前说："艾老师，你看这小伙子多真诚，有什么事不能好好说？"

艾静也不好再说什么，更不想把自己的学校当成舞台，把不能示人的私生活表演给大家看。便冷着脸对俊雄说："我还得给学生上课，回头给你打电话吧！"

"不行，你不说原谅，我是不会走的！"俊雄仍拦在艾静面前。

上课铃响了。俊雄也不管有没有师生的目光投来，一下子抱住了艾静，在她脸上猛啃了两口。艾静一边抹着脸上的口水，一边从他身边逃开了。在她心里，她早已原谅他了，不原谅又有什么办法？只是，她不想就这么轻易把这一页翻过去，她也想让他尝尝"失去"她的滋味。

放学时，艾静刚走出校门，就看到学校门口的红色丰田轿车旁，俊雄仍捧着花束站在那里……这样的俊雄，让艾静想惩罚他的心都软了下来。周围是自己同事及学生的目光，她再不跟他回家，倒显得自己没有气量了。

她又一次原谅了他。她甚至在心里为他开脱，男人都这么好玩，等他们上了年纪，玩不动了，也就回家守着老婆过日子了。可是俊雄还这么年轻，他什么时候会把心收回来，什么时候老呀！这么想着，她的心又沉入了泥沼。

Chapter 6

肖俊雄正像他的名字一样，俊朗而雄健，往哪一站，都能给人眼前一亮的感觉。他还有一个双胞胎的弟弟肖俊伟。艾静就是因为俊伟而和俊雄有关系的，俊伟是艾静的同班同学。

刚到海城大学报到时，俊伟一眼就被眼前拖着行李箱，双肩背着大书包的艾静吸引住了。那天艾静穿着一件棉质无袖的白色连衣裙，裙摆长至膝部，脚上穿着一双黑色高跟凉鞋。长而直的头发，像一挂柔韧性极好的丝线，一直披散到腰际。好多同学，包括许多男生都是家长陪着来的，有的不仅有父母甚至还有爷爷奶奶姥姥姥爷跟着。她却是一个人来报到的，脸上涂满了对新环境与将要展开的新生活的好奇与茫然。

在一个个被簇拥的“小王子”、“小公主”中，她形单影只，倒也显得格外惹眼。更抢眼的还有她的清丽，她就像是从那池没有被污染过的清波里刚刚浴过，又像从哪个只有蓝天、白云、鲜花和绿色植物而少有人迹的山野，染着一身纯净刚刚走出来似的。

俊伟不能想象，那样清瘦、内敛而美丽的女孩儿，还能拎得动这么多东西。他犹豫了一下，还是忍不住走上去说：“同学，我是中文系的新生，你需要帮忙吗？”

看到面前出现了这样一位英俊而阳光的男生，艾静的脸微微有些泛红。她腼腆地说：“这么巧，我也是中文系的。只是，咱们还不认识呢！”俊伟伸出手来，还没等她反应过来，便握住她的手说：“这不就认识了？”

艾静纤长的手被包在了他的手里面。他的手汗津津的，大而有力。有股说不出的热流，欢畅而羞涩地传遍她的周身，随之细密的汗珠子也顺着脊背往外钻。

她看着眼前的男生，从他的行为及言谈上一看便知是都市里长大的，率性而富有朝气。尤其是他那张略显瘦长的脸，挺拔的鼻梁上方，那双眼睛明亮而清澈。

艾静偷偷地打量着他，他不像那些从小城市走出来的男生，羞怯而胆小，因见识少和自己的出身及家境等原因少了那么些自信。

“那就不好意思了！”说着，艾静把手里拎的箱子递给他，有一种感动也随之递了过去。

“小意思啦！”俊伟笑吟吟地接过行李箱，与艾静一起向女生宿舍走去。

Chapter 7

在学生食堂门口,艾静碰到了“肖俊伟”。艾静的心随之像小兔子般狂跳起来,脸上泛起潮红。然而,“肖俊伟”却定定地看了她一会儿,好像是在对一个陌生人说话:“你是哪个系的?” 艾静狐疑起来,不知是自己糊涂了还是眼前的大男孩糊涂了。他上午还帮她拿了行李,怎么到中午竟不认识她了?

“他是我哥俊雄,艺术系的;这位是我的新同学,艾静!”还没等艾静回过神来,俊伟从俊雄身后跑过来介绍说。于是,两个像一个模子刻出来的帅气男生,都对她笑着点了点头。

她望着他们,眼睛炫得有些发晕。“我爱踢球,所以肤色要深。你瞧——”哥哥说着把胳膊弯起来,同时臂上的肌肉也隆了出来,“这和我爱运动有关,而小弟俊伟要安静沉稳一些。”

艾静打量着他们,还真是!细看时,他们还真不一样。俊雄脸上的棱角更分明也更硬朗,走路时脚下生风,说话的语速也快;俊伟面部的线条要柔和多了,行为也温文舒缓。

从食堂打完饭后,三人坐在靠窗的位置边吃边聊。其实主要是他们哥俩在说,艾静则在一旁静静地听。当他们的目光与她对视时,她便面露羞涩地对他们点头或微笑。尽管这样,许多同学的目光还是被他们吸引了。

艾静与俊雄、俊伟哥俩之间,剪不断理还乱的情感纠葛,从这时开始了。

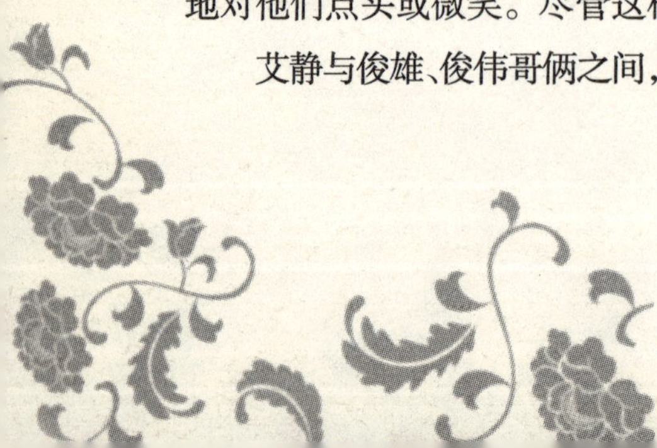

Chapter 8

田野发聋振聩的鼾声，仍不倦地从隔壁卧房里传来。在这静静的深夜，格外刺耳。艾静飘向记忆深处的思绪，也像风筝一样被拽了回来。她拿起放在枕边的《琴声如诉》，打开的同时，一张纸片也随之滑落。

对你，一切语言都是苍白的。每一次打开信箱，都有想把心掏出来，不用挑挑拣拣对你说一大堆话的欲望。我说，我喜欢听你的声音。真的呢，那天我终于明白了：那是前世在枕边说了一辈子，今世又遇了相说的。我最亲爱的，既然以前咱们已分开了那么久；咱们再遇，就让咱们不要分开。

让我用心爱你，感受你，一辈子……（来人了，先写到这儿）

艾静拾起了这段打印出来的文字，像拾起了一段旧梦。她是拿它做书签的，同时也能时时感受其中的语境。雾一样的东西模糊了她的视线。她不禁想，写这段文字的男人，也极有可能是她肚子里孩子的父亲！他叫苗韵桐。

当"苗韵桐"三个字和他的人一样出现在艾静脑海中时，她的心同样变得五味杂陈起来。不过，语言是思想的末端，也是思想外在体现的一种方式。谁说的她记不清了。只是，不管以后怎样变化，当时文字里他流露出的那份真诚，并非做作。

艾静感到累了，很累。昏昏沉沉中，她努力去够睡神的指尖。

"小静，今儿午饭吃什么？"林阿姨从外面回来了。她将刚从早市上买的新鲜蔬菜放进厨房里，将艾静的房门打开一条细缝，探过脸来问。

林阿姨是田野请来料理家务的保姆，是田野的老乡介绍来的。自从十年前他来海城创业不久，她就被请了来。她的家离这里不远，每天工作结束便回家休息。工作与家两不误，还减少了田野的房子里多了个人的不便。她能烧一手好菜，又因汤煲得味道独特，很受田野的赞赏。田野很看重吃，他常常把他八十多岁的姥姥的一句名言挂在嘴上：世上的好多事都是假的，只有吃好了才是真的！

"您看着做吧，不过要清淡些！"艾静伸了个懒腰，发现《琴声如诉》掉到地上时，她才知道自己是搂着书睡去的。还有那张当书签的纸片，滑落在毯子上，她便把它夹进了书里。

油烟味从厨房里飘来。像被暗示了似的，艾静的胃口一阵翻搅。她急忙放下手里的书，向卫生间跑去。

当她脸色蜡黄、身子虚弱地从卫生间里走出来时，林阿姨已站在了她的面前，把她吓了一跳。

林阿姨又惊又喜地问："小静，你是不是有喜了？"

"您可别乱讲！我只是这几天胃不舒服！"艾静冷下脸说。

林阿姨仍关切地说："要不要去医院检查一下？"

"我会去的！"艾静走进屋，见林阿姨跟了过来，也不好赶她出去，便把书抻过来读，那张书签又像个爱做坏事的半大小子似的，执拗地从书里滑落到地上。

林阿姨眼疾手快地拾起说："你不舒服，这些事让我来。"

艾静有些不耐烦，但又不好向她发作。这个女人虽然很热心，艾静却感觉她热情得有点过分了，让艾静少了许多清静。

她走到窗前，推开窗子。风从敞开的窗口挤进来，吹拂着缀着流苏的窗帘，而里层的白色纱帘，也随之轻轻地摆动起来。

昨夜的雨虽歇了，潮湿的空气里仍含了浓浓的泥腥味。若在平时，艾静很是喜欢这种大自然醉人的芳香，她从小就闻惯了这种气息。现在，它也变成了搅动她胃液的魔爪。怕拨动呕吐的弦，艾静赶紧把窗子关上。

艾静心上的另一扇窗，却轰然打开了：肚子里的孩子是谁的呢？会不会是他的？这念头烟花似的爆开的一瞬间，艾静的心如同被利器狠狠地戳了一下。曾那样被自己梦着、想着、甜着、醉着、苦着、痛着的男人，苗韵桐，那页纸片的主人，她生命里的血，这三年里为之活着的人，现在，却也是她最不愿想到的人。一块刚结了疤的伤口，这一刻又被猛然掀了起来。

疼。疼得钻心。

Chapter 9

艾静拥着被子半靠在床上，身子后面塞了两块柔软的靠垫。她面前是打开的笔记本电脑。正在国外出差的俊伟，从网上发来的邮件，还躺在电脑里。艾静没有回复，或者还没有拿捏好回复他的心情。

他在信中说：

想，止不住地想往外涌。每一分钟都是你，就像漏了水的船，淘不干。现在，我正在瑞士洛桑日内瓦湖畔的旅店里，许多尖屋顶的建筑沿河岸而上，有些香港石板街的味道，但石板街远没有这里典雅、安谧与怡人。远处秀美的阿尔卑斯山在夕阳的笼罩下，透着神秘而又迷人的气息。亲爱的，此时，我多想身边有你相随。说，或什么都不说，只是静静地听着彼此的呼吸与鞋子敲在石板路上的响声，就很惬意了。

"小静，饭快凉了。"林阿姨又不厌其烦地唤艾静了，"再这样不吃东西，身子会吃不消的！"

林阿姨的声音里透出一种母亲般的怜惜。自从艾静住进这个家，林阿姨就是这样，时间长了，艾静对她身上的一些毛病也就忍下了。善良的艾静，有时也会把没上身的新衣服拿给她女儿穿；买衣服时，也会为林阿姨挑选一件她认为满意的送给她。家务活做好后，艾静总会让她早早地回家。艾静自己能做的一些活计，一般也不让她做。

林阿姨是"老三届"，中学没毕业便上山下乡，回城后在一处街办小厂工作，后来小厂倒闭了，她也就下岗了。她丈夫是她下乡时认识的知青，在开山造梯田时被雷管炸瞎了一只眼睛，现在指着给人家送桶装水赚点生活费，很是辛苦。只是，林阿姨身上还有些东西，让艾静不能接受，只是到底是什么，她也不能一下子说清楚。

“哦，我现在还不想吃！”艾静说。

“也好，一会儿想吃时，我再给你热一下！”林阿姨说着，看到床头的《琴声如诉》，伸手去拿，“这是本什么书？好看吗？”

艾静一下子把书抱在胸前，心怦怦地跳着，强压着不悦说：“阿姨，我想独自呆一会儿！”

“好，好！需要什么叫我一声！”林阿姨笑着退了出去。

艾静望着她的背影，长叹了一声。

在杜拉斯所有的小说里，大都是展现西方现代人生活苦闷、内心空虚、人与人难以沟通的情绪。处在茫然的等待中，找不到生活的目标，爱情似乎可以唤起生活下去的欲望，而爱情却也无法让人得到满足。

这样的杜拉斯，难怪在八十岁的时候还能为一位三十多岁的男人所爱。或许是因为她能唤起那个男人的激情。而身为女人，艾静感觉自己读她时，好像也加入到了她的爱情当中。

她走到窗前。窗外是条不宽的街。街对面是掩映在树木中的河堤。天空仍然是阴沉沉的，像哪个懒婆娘漂洗时被脏物污染了的白被单，皱皱巴巴的，毫无清爽通透的感觉。

河堤上积满了落叶，被昨夜的雨浸着，也是皱皱巴巴的。有一只白色的贵宾犬，小羊一样蹦蹦跳跳地跑上去。远处一个臃肿的中年女人大叫起来：“宝宝，回来，回来，你不听话我就不要你了！”小狗止住了脚，回头望着她，好像怕她真不要自己了似的。女人在一边满足地笑了：“你就欠这个！”

手机里有短消息的提示音。本不想读，只是窗外的一幕，艾静也不想再看下去，便从窗边走回来，拿起扔在床上的手机翻开来看。

“任何东西都可被替代。爱情、往事、记忆、痛苦、失望、甜蜜抑或时间……但是，你不能无力自拔。”

信息是兰梅发来的。艾静和兰梅读大学时，曾住在一个寝室，兰梅睡在她的下铺。她们同吃、同住、同玩，如同一对亲如手足的姐妹。

“聊聊吗？”

兰梅的信息再度发来时，艾静才想起那么坚强的兰梅，现在似乎也需要她的肩膀靠一靠了。

艾静不相信女人，这好像是从她懂事时就开始的。家里除了她还有一个弟弟，而奶奶和妈妈都是女人，任何事却都那样偏袒弟弟，让他敛尽了这家里所有的风光。艾静也疼爱自己的弟弟，可看不惯她们那种重男轻女的做法。

起初，奶奶和妈妈都不同意艾静上学，说丫头片子读书没用，迟早还不是做人家的婆姨，把钱白白糟蹋了。若不是一心想上学的艾静，在绝望中跪下来苦苦哀求疼爱自己的爷爷，她也许一辈子都会是大字不识的黄土高坡上谁家的婆姨。上学后，艾静一直都很用功，父母见她回回都拿第一，而且人见人夸，也不好再不让她上学。但艾静对女人的不信任，从那时起就已埋下了种子。

兰梅却是例外。

Chapter 10

艾静如约来到外滩“风尚咖啡屋”。

依次找过来，她才在三楼靠窗的位置，看到头发像芭比娃娃一样卷曲在肩头及颈部的兰梅。她的半张脸正被染着酒红色的发丝掩着，于光影里，让看到她的人都会有种迷醉感。烟灰缸里有几个 ESSE 牌香烟的烟蒂，有一支还未熄灭的烟蒂正冒着一缕缕青烟，坐在那里的她更加显得寂寞了。

“让你久等了！”艾静说着在对面坐了下来。

一张清秀的圆圆的脸对着艾静了，一对和芭比娃娃一样好看的眼睛，却显得那样迷离。她在笑，那笑里却好像空洞得捕捉不到任何内容。艾静的心一沉，知道她一定又遇到不好摆平的事了。

服务生端来了几碟小吃和名为“兰色倾情”、“紫红诱惑”的两杯鸡尾酒。

兰梅把“紫红诱惑”推给艾静，自己则端起“兰色倾情”深抿了一口，说：“这段时间没你陪着，我真不知还能不能走过来！”

“净说傻话，咱们不是最好的朋友吗？”艾静说着，也端起酒杯喝着。她的胃没有翻江倒海的感觉。临出门时，她吃下的抑制呕吐的药物起了作用。

“我不知道这份工作还要不要做下去。”兰梅木然地说，“一边是我的老板，给我那么高的薪金；一边是我为之卧底的公司，而这个公司的李总不但重用我，让我做公关部的经理，还同样给了我不菲的薪水，而且……”

“他不会爱上你了吧？”艾静放下杯子，歪着头饶有兴趣地听着。

“很不幸，是我也爱上他了！”

“是挺不幸的！爱上‘PK’的对手！”

“你的老板也挺龌龊的，竟用这种卑鄙的方式去窃取商业机密！”

“谈不上龌龊。让我感到痛苦的是，去完成它的人是我。”

“他，那个李总咋样？”

“三十七八岁的样子，睿智、沉稳，有魄力，做事从不拖泥带水。而且——”

“而且，很会做男人？”

兰梅一扬头，把整杯鸡尾酒都喝光了。

窗外的天空上，有一长串红色的蜈蚣风筝在悠悠地飘荡。

“瞧，那么丑陋恶毒的蜈蚣，竟然在飞到天上时，也格外美好了起来！”艾静说。

“那种美，是人赋予它的！否则，它也会永远丑陋与恶毒地趴在地上了。”

犹豫了片刻，艾静也抽出一支 ESSE 点上。

“你在玩火，知道不？”艾静在吐出烟雾之后，说。

兰梅的视线从窗外收了回来，也点燃了一支 ESSE。

“说你吧，还好吗？”兰梅说“还好吗”时，声音拉得很长，眼睛似笑非笑地眨着。

艾静想起了肚子里的孩子。她现在的处境一点都不比兰梅好。只是，她还不想把这个秘密告诉兰梅。她也不想用叹息代替回答，兰梅是那样懂她，她的眼神都会透露她的内心。

正在这时，服务生端来一个大果盘。他是一个阳光男孩，好像是大学里来挣学费的学生。他跪下后，果断地把杯里的水洒到果盘上。“哧”的一声爆响后，一股浓浓的白色烟雾从果盘四周升腾而起。

“慢用！”服务生说着，退下了。

望着烟雾慢慢退去，兰梅说：“我最爱吃这东西了！”她用牙签扦起一块榴莲递给艾静，“它给人的嗅觉是臭的，可味觉却是香甜绵长的，是那样截然不同！”

“许多事、许多人不也是这样么，表面上看去和你深入地走进去，感觉有时也是那样截然相反！”

“你是不是又在暗示我什么了？”兰梅笑了，笑得很茫然，“你还没告诉我，你现在过得好不好呢？”

艾静笑了笑，尽量在语气中不添加太多的苦楚：“我，还那样！”

“我就不明白你了，”兰梅好像把自己忘了，矛头直指艾静，“你有这么好的条件，为什么年纪轻轻地就把自己拴在一个老男人身上？他有什么可把你拴住的？现在做什么都要有一个理由！亲爱的，你给我一个理由好吗？”

“他救过我的命！他给了我无忧无虑的生活！就这些！”

“就这些？难道你就是这种品味，竟用物质当成拴住你的理由，当成白白耗尽你青春年华的理由？”兰梅的情绪激动起来，好像恨其不争似的。她意识到自己的调门儿太高了，与这种优雅的环境不符，便又压低了声音：“人有许多种感恩的方式，但不一定要以身相许！况且，他在老家那边还有妻小，你大可不必这样！”

榴莲的气味，艾静真的不易接受，但还是把它送到嘴里，她的胃又撕扯起来，她顾不上再跟兰梅说什么，以最快的速度向卫生间走去……

Chapter 11

手机响了。对面座上的女人拿起手机，一边接听，一边向楼梯的转角边走。

“有什么见不得人的事，接电话都要背开我！”坐在她身边的男人，把尚有半杯红酒的高脚杯生气地往茶几上狠狠一蹾，骂着。由于气愤，他那不算难看的脸也有些走形了。

“又是心猿意马的一对！”兰梅把目光收回来，意味深长地说。

“有多少不是？”艾静狠狠地抽了一口ESSE。

“真看不出，现在你也会这么狠命地抽烟。我还以为只有我会呢！”兰梅话锋一转，“哎，他对你还好吗？”

“他？谁？”艾静一时没有回过神来。

“哦，”兰梅笑了，“我倒忘了，你身边围着的他、他们太多了！我是说那个苗韵桐！”

“你这么说我就不接受了，你不认为男人太多了，而且没有几个真心相对的，对女人而言是更大的悲哀和灾难吗？”

“别把太多的希望给男人，或者别把太多的希望寄托给男人，他们真心相待的人往往只是他自己、家人和亲人！”

“那你的那个李总呢？他有真心给你吗？”

兰梅眼里的光随之暗了下来：“谁知道呢？这些男人想要你前和得到你后，往往会有不同的表现。”

“就像榴莲！”

“还真的就像榴莲！不过你的苗韵桐，好像不是那种人吧？”

艾静现在最不愿提起的就是苗韵桐。

电话响了，因有着同样的提示音，艾静和兰梅都去翻包找手机，两个人意识到后，相视而笑。

是俊伟打来的国际长途。艾静刚接听，那边就急切地说：“亲爱的，一段时间没见你，我的身心空得像个植物人！真把我想疯了！”

“我现在有事，回头再聊吧！”艾静说着把电话挂断了。

“也难为俊伟了，经过了这么多年，对你还这么痴情！”兰梅叹道，“其实，俊伟真的挺好，重情重义，内心阳光，少了许多男人唧唧歪歪的坏毛病。和他哥比起来，就像在两个家庭里长大的。”

“我倒不觉得，我今天这个样子和他有直接的关系！”

话音刚落，艾静的手机又响了。

“准是那个老男人的！”兰梅撇撇嘴，然后大口大口地吃起了榴莲。

这个兰梅，什么也逃不出她的眼睛或她的直觉。真是田野的电话，他叫她回家。

Chapter 12

“你去干吗了？”艾静刚进家门，田野就急不可待地问。

艾静不喜欢他那种质问她的口气，看也没看他一眼，就把自己关进了卫生间。

“我在跟你说话呢！你还没回我呢！”田野追着艾静走了过去。同时，他说话的调门也提高了八度。

艾静在里面把门反锁上了。

“你有什么见不得人的，不回我话！你去哪了？不是又和哪个臭男人鬼混去了吧！你干吗锁门？你把门开开！”田野在外边捶得门咚咚直响。

艾静想好好地洗一把脸。她把水龙头开到了最大。当热水温过她的脸时，泪水从她脸上流了下来。

兰梅说得也对，干吗把自己拴在一个事事老盯着她的老男人身上？虽然跟他生活了四年，但她并不是他的什么人！要说感恩，这几年她呆在他身边的时光，也算是自己对他的报答！

她推开卫生间的门时，发现他还站在那儿，瞪着眼珠子大口大口地喘气。看到她出来，仍无尽无休地问：“你到底去哪儿了？”

“我和同学聊天去了，这也要向你请示汇报吗？”艾静冷冷地说。

“这比目鱼可鲜了，螃蟹味的！趁热吃！”林阿姨端着一碟热腾腾的红烧比目鱼，解围似的走到餐桌前，招呼着他们。

田野或许没从艾静的眼神里读出什么破绽，便走到吧台后倒白酒。

艾静把自己关进了卧室，任凭门外的林阿姨叫她，也不吱声。

“让她哭去！”在田野闷而冷的声音之后，林阿姨的声音止住了。

“活着多好，你还这么年轻，为什么要死呢？”四年前田野的声音，又飘在了艾静耳边，“你知道，医生说你命真大，再晚几分钟，你就没得救了！”

泪水顺着艾静的眼角止不住地流。她把眼睛闭上了。

看到她那样痛苦，眼前的中年男人说：“好了，不要想了，以后我再也不问你！你家人呢？怎么也要和他们联系一下吧？”艾静闭着眼睛一言不发。

“好吧，那你住哪儿呢？告诉我，你出院后我好把你送回去！”

看艾静仍不说话，男人的喉节上下滚动着，想说的话终于没说出来。他搓着手，把手指骨节攥得“嘎嘎”直响，好像着急下一步该怎么走似的。

艾静睁开一双泪眼，声音小得只有他能听到：“你——不该——救我！”男人先是一惊，脸上的表情迅即又暖了起来：“净说傻话，没有过不去的坎儿，听见没？是上天不收你！以后给我好好地活，不许瞎想了！”他伸出手来，怜爱地用纸巾给艾静轻轻擦拭脸上的泪痕。

这时护士走过来说：“你现在就去办出院手续吧！”男人望了一眼床上的艾静，又望望护士：“说，她真的可以出院了？身体没什么问题吧？”“她恢复得挺好，只需好好调养，不会有大问题的！只是，她小产后身体有些炎症，回去后要注意服药和复查，别耽误了就行。”

闻听此言，男人这才放心地跟着护士走出病房。走到门口时，男人还不忘回头叮嘱艾静：“你再歇一会儿，我一会儿就回来！”

艾静慢慢地向医院外面走。头晕，腿软，浑身一点气力都没有。阳光很好，虽然是夏天，艾静并没有感到它的灼热。她的心仍是冷的。不知什么时候才能暖过来。去哪儿？这个问题从她的脑子里冒出来，就把艾静狠狠地掀了一下，天和地都跟着快速旋转，她赶忙走向路边，扶住了一株小树。去兰梅那儿？艾静这才想起，兰梅被公司派到日本总部参加高层管理的培训去了。若有兰梅在，她的内心也不至于失衡到去大海里求得解脱。真是一场噩梦。她使劲地摇摇头，眼睛尽量看着过往的人群和车辆，她要让眼前的喧嚣来冲淡记忆中的不堪。

艾静想穿过医院前面宽阔的马路。她满脸茫然与困惑,车辆来时也想不起躲,好像现在即使有辆汽车从她身上碾过去也不会疼似的。招得脾气不好的司机把头伸出窗外,冲她吼道:“找死呀,你丫的!”

没听见似的,一切都离得那么远,她的魂儿好像还没回到身体里。她感觉双腿好像支撑不住自己的身子。她很想就那样躺下去,很想。

有人一把拽住了她,她的身子一下子软在他的怀里。“你怎么趁我办手续时偷偷溜了?你的身子还这么虚,知道不知道?”他有些光火。但随即他又缓和了一下口吻,柔声说:“要不你先到我家住些日子,等身体恢复了再说。如果你不嫌弃的话!”艾静木然地望了他很久,才闭了闭眼睛,算是回答。除此之外,她也不知道还有什么更好的办法。

Chapter 13

这是一套两室两厅的单元房，房子后面有一条不算窄的河，河堤上树木浓密，在这样喧嚣的都市，让看见它的人，也颇能感到一丝大自然的气息。

艾静被安排住在能看到河堤的小卧室，能看见窗外的风景。

田野向身边一位五十多岁的女人介绍说："这是我跟你提到的那个小姑娘，她身体很虚，你看怎么给她调养调养！"

他又面向艾静说："她是林阿姨。家务事都是她帮我料理。你有需要，尽管跟她说！"

眼前的女人，许是经了许多世故，脸上纵横着许多深浅不一的比她实际年龄要多、要深的纹路，但看上去却很温和，让人感觉不到世故或狰狞。

艾静打量着眼前的小卧室。靠窗的位置放着一张双人床，床上铺着白底淡绿格子的床单，与窗帘的颜色呼应着。窗帘从中间像女孩额前的头发一样向两边分开，在两侧靠墙处用两只可爱的小熊搭扣拢起。帘内是洁白的垂度及通透性都很好的纱缦，被窗外的微风轻拂着，使窗外的景致时隐时现。

进门的右手处，有一张小巧的浅白色的美人榻沙发。墙角放有马蹄莲形状的地灯，恰到好处地垂下来，舒适地笼罩着靠在沙发上看书读报或小憩的人。沙发的上方挂着一幅木制的漆成深褐色看不出具体模样的非洲女人头像，抽象而怪诞。

田野望着艾静欣慰地说："还满意吧？是我特意让女秘书给你设计和布

置的。”他指指床上一大包物品说，“这是林阿姨刚刚给你准备的。你先歇一会儿吧，吃饭时叫你！”说完，便很有礼貌地退了出去。那样子，好像艾静才是这里的主人。

艾静打开那包物品，里面除了T恤、裙子、睡衣、内衣和内裤之外，还有卫生巾之类的妇女用品，一应俱全。

眼前的男人，虽然是那种扔在人堆里很难被人看到的，而且自己穷尽想象也不会与之有关系的男人，没想到却有这份细心。这么想着，艾静心里漾起一丝近日少有的暖意。

艾静打了个喷嚏，随之好像有一只只剩下骨头的瘦手把她腹腔内所有的零件都揪疼了。她双膝蜷起，身子缩作一团。她感觉下身有东西流出来——一定是血。

这已是她第二次刮宫。幸运的是虽然孩子没了，她却活了下来。几种恶毒的对生命的中伤和劫持都拼凑到了一起，对一个女人来讲，忍受其中的任何一种都很痛苦，而她却都要一个人扛着。

俊雄，她所承受的都是为了他；可他，现在在哪儿，他知道她现在的处境吗？

她不愿想起他，他却像她的影子一样跟随着自己，专往她的伤口大把大把地撒盐。

耶稣复活了，是上帝拯救了他。我没被海洋的大嘴吞去，是田野在那一刻拖住了我。而我，仍踩在悬崖边上的灵魂，又有谁能搭救？

随着一声重重的叹息，艾静感觉自己的胸腔空得好像能塞进整个暗夜。过完这一夜，绝望会不会更加深一层呢？

Chapter 14

还是在大学时代，上大一和大二时，艾静几乎把全部精力都放在了学习上。她知道自己能够上学，而且能够上自己梦想中的大学，多么不易。她不能不珍惜。

上大三时，所学科目在她已游刃有余，她也有更多时间浸淫在自己喜欢的世界名著里。有时也参加市图书馆的文学沙龙的活动，或上网、或与同学去逛街。还有那个肖俊伟，有时她也会与他一起去散散步、聊聊天。

几年来，她能感到这个男孩对自己的喜欢。他的眼睛表达了一切，嘴上却什么也不对她说。这使艾静总怀疑自己的感觉是不是对的。

有一天晚上，寝室里的姐妹都要睡了。兰梅要关窗时，却惊呼起来："谁在外面？"

室内的其他女生都蜂拥过来，把窗子围了个严严实实。

楼下的男生显然已看到了她们。看不清他的脸，从他脚下的步态，可以看出他还是有点不知所措。

"一定是找你的！"有个女生看着艾静说。所有人的视线都投向了艾静，那一刻她成了众室友话题的焦点。

"啊，我说有许多女生追求他，他都无动于衷呢，原来是心有所属了！"

"好帅呀，真真的一个'湖怪'！"

"你真沉得住气，能守口如瓶！"

"艾静你是不是买彩票中了大奖？"

"什么呀！哎呀，你们也真是的，乱说！"艾静的语言瞬时变得枯竭，脸也涨得通红。这个俊伟晚自习后是陪她走回来的，可过了大半个小时，竟还站在和她挥手告别的地方。

她跑到铺位上，用毛巾被把自己从头到脚蒙了起来。而窗外的俊伟好像也完成了一项美丽而艰巨的任务似的，向楼上窗内的女生们道了声“晚安”，挥了挥手跑远了。

这一夜，若有一百张厚厚的生面饼，也被艾静翻来覆去地烙熟了。

“我在你的身体上，嗅到了恋爱的味道！”早上，艾静向洗漱间走去时，撞见兰梅端着脸盆回寝室，兰梅夸张地向她扮了个鬼脸。

艾静走进教室时，正遇上了俊伟期待中的眼神。四目相对，艾静感觉自己的脸在发烧，脚下的步子也跟着慌张起来，不知该怎么迈好。

走在身后的兰梅，捅了一下艾静的后腰，小声说：“肖俊伟的眼睛在对你放电呢！”

那一天的课，艾静不知道老师都讲了些什么，她的视野里都是俊伟及同学们注视她的目光。

Chapter 15

一米阳光：我哥想组织 QQ 群里的“驴友”举行一个“驴会”，你去不去？

静月小轩：不好意思了，那你先告诉我何谓“驴友”？又何谓“驴会”？

一米阳光：不会吧，你在有意捉弄我！

静月小轩：真的，除了看看新闻，搜一些资料，我很少上网，更很少泡在各个论坛里瞎聊。

一米阳光：那我也骄傲一把。“驴友”是喜欢探险游玩的网友；“驴会”是他们的自助游。有兴趣吗？

静月小轩：何时？何地？

一米阳光：本周六。海边红枫山。

静月小轩：跟我文学沙龙的活动撞车了。

一米阳光：我看你是在闭门造车，出去走走对写作有好处。

静月小轩：好一个说客！我去！

一米阳光：耶！

静月小轩：小心你的大门牙！

一米阳光：放心，你能去就是后槽牙我也不小心了！

静月小轩：切！

一米阳光：还切·格瓦拉呢！对了，刚才我在网上见了一篇名为《花祭》的文章，虽然署的是笔名，但我感觉就是你写的！

静月小轩：哈哈，你在套近乎，还是暗示是我的知音？

一米阳光：不知怎么跟你说，可是，我还是说了。支离、破碎、混乱，好像是整个夜的内容，又好像是整个我的内容。

你比我想象的要宁静许多。也许你早已预见到了今天的结果，也许你早已淡然了今天的结果，也许你只是以此来掩饰你脆弱的内心。

你的真诚让我不忍直视，你的惆怅让我自责。曾经的许诺，曾经的快乐，曾经的真情相待，好像由于我一时的过错不真实起来。

还有那朵被我从草原上带回来的白色小花，它已在我的书页里、视野里、心里绽放了所有有你的日子。难舍你，也难舍花儿开放的一个个有风、有雨、有情、有意的季节。

只是，我还是要依依走开。也许，我是属于远方一个连自己都不能确定的目标。也许，是我性情中那份对飘泊与未知事物的追寻，让我像一颗多情的蒲公英种子，在不确定中去寻觅一处能生长的土壤。

你说：在未来中如果遇了困难，愿你想到的第一个人就是我。

我哭了。你还是你，只是我把自己经过了。分别无怪乎两个原因，一个是过错，一个是错过。对于我，不知道未来会把这两个原因中的哪一个说给我。

那朵白色小花，它好像还是你捧给我时的样子，纯粹、清丽、淡雅、朴真，好像上面的晨露还没有被风儿掠去。在未来中，不管有怎样的风景，夹在我心页里的有它有你伴我走过的日子，都会像草原上的花儿一样，永远插在记忆中。

一米阳光：这是我摘自《花祭》的。不过，我一直在想，你的这束心花在为谁开？又为谁败？

静月小轩：我们大都有过青葱、艰涩的花季，不是吗？要不，我们怎么能成熟起来？

一米阳光：我也愿意成熟，却不认为一定要付出美丽的代价！

静月小轩：我也是。只是不知为什么，曾被一块石头绊倒过，下一次却偏偏还会在那里摔倒！

一米阳光：你现在在哪个网吧？我去找你，咱们吃麻辣烫去？

静月小轩：算了吧，我还要在网上找资料呢！

一米阳光：那你忙吧，不过我还是想知道你祭的是哪座坟茔？

静月小轩：是心底的那些曾经纯真的美好！算了。我下了。

艾静好生奇怪，《花祭》那篇小散文是上高三时发表的。没想到现在还流传在网上，更没想被俊伟在茫茫网海里打捞到了。

那是她一段很纯很纯的初恋，纯得好像还没有开始就永远结束了。当年，她发现和那个男生的学习成绩都因此大幅下降，便及时调转了在人生路上航行的船头，让那朵美丽的花还没有开放就永远枯萎。

高考后，艾静考入了海城大学，那个男生考到了另外一座城市的一所大学。从此，两人天各一方。

每次回家，艾静总想找那个男生好好聊聊。想解释，想倾听。而那个男生也许被伤得过重，从不见她。让她心中的扣，死死地结着，没有打开的机会。心，便为此更痛了。

"亲耐的，虾米四有空，粉想与你聊聊！"

有网友在跟她说话。

艾静赶紧下线。

都说的什么破话呀！好像长大了，话却不会说了！下线许久，艾静仍愤愤难平。她不喜欢当下网络中人们的说话方式，好好的语言，都被他们糟蹋成什么样子了！就刚才那句话，本可以写成"亲爱的，什么时候有空，很想与你聊聊！"还有他们还爱把"老公"说成"鸟公"，将"老婆"说成"鸟婆"，把"亲亲"说成"么么"，将"支持"说成"顶"或"戳"，把"帅男生"说成"湖怪"……

有时，艾静也跟兰梅议论此事。兰梅说她的观念跟不上形势，好像上世纪六七十年代或更早年代里的遗老遗少！

艾静说："你难道愿意自己到三十多岁时，还像以脱走红的那个什么××妹妹或扭捏作态的××姐姐似的，藕呀藕的说话呀！"

“那有什么，她快乐，所以她选择！若你还把自己留守在上辈人的传统意识里，你会很受当代观念的中伤！这年代不能太真实、太纯粹！就像赤裸着肉身行走在荆棘丛生或刀光剑影的荒原上，别人也许没事，你却会被伤得体无完肤！”

“如果真会受伤，我也愿意去承受！”艾静没说，怕话一出口，兰梅肯定会说她哪根神经搭错了。

还好，肖俊伟在网络里从不藕呀藕地跟她说话。从这一点上看，他们的许多观念倒是相同的，这也让她感到欣慰。

Chapter 16

二十几位“驴友”云集到红枫山下。还没到秋天，山峰看上去秀美而葱茏，溪流涓涓有声，却望不见其踪。鸟儿叽叽啼鸣，却不见其影。

艾静看着和自己同龄的一群年轻人，心想，网络真是个怪东西，它让人和人之间没有了距离。不管天南海北，只需你用鼠标轻轻一点，一扇窗子就哗然洞开。有哪个人与你志趣相投，就好像立马能与你面对面或背靠背似的。

出发的时间已经到了，肖俊伟还没有出现。

头上戴着一顶白色耐克棒球帽、一身肩臂及腿外侧有红条条的白色运动衫，脚穿白色旅游鞋的肖俊雄，在前后左右地晃动着，做着出发前的最后准备。他高高壮壮俊俊朗朗的，在人群中鹤立着，格外吸引人的眼球。也许正是因为这种吸引，网友们才对他组织的活动追捧有加。

艾静挤到俊雄的面前，同时他也看到了她，把她拉到一边说：“我妈妈今早发烧了，爸爸又出差在外，我脱不开身，俊伟便回家去照顾我妈妈了。他想告诉你，却总没联系上你，真把他急死了！”

艾静一阵失落，感觉失去了此行的所有意义。

俊雄好像洞穿了艾静的心思说：“前几天网上有消息说，有十几位驴友出外游玩，由于组织者经验不足和考虑不周，晚上宿营时，把帐篷扎到了河道里。谁知夜里山洪突发，致使一位还在睡梦中的驴友命丧黄泉。这次活动我是组织者，我一定在让大家玩得开心的基础上，保证所有人的生命安全！请你理解！”

俊雄拍了下艾静的肩膀，像安慰一个小女孩似的说："我会替俊伟照顾你，你尽管好好玩儿！"

也是，他是这次活动的组织者，没有他的参与，此次"驴会"就失去了领袖和核心，会是一盘散沙，弄不好还会有危险发生。艾静理解地点点头，心情也好了许多。再看眼前朝气蓬勃的一群年轻人，和着秀美的风光，她感觉自己没有理由不投入其中，享受这场青春的聚会。

是夜，劳累了一天的驴友们，都进入了梦乡。

艾静睡不着，从帐篷里钻出来。揉着植物体香的山风，似欢迎一位久违的好友似的一下子把她拥抱了。月亮像个调皮的少女，扒着树木的枝叶又遮遮掩掩地把娇羞的脸庞探给眺望她的人。夜鹰轻呼同伴的啼鸣偶尔传来，关切中透着不安。

艾静走到呈漆黑色的篝火旁。她拾起一根树枝拨弄着草木灰下的炭火。让她感觉惊奇的是，下面竟还留有少量未熄的炭火，被风一吹泛出隐隐的红。

少男少女们手牵手跳锅庄的情景又出现在她面前。还有他们各自的才艺表演。肖俊雄一边弹拨吉他，一边唱了一首经典的难度系数为五颗星的《波西米亚狂想曲》，把大家的情绪推向了高潮。女孩子们一点都不吝啬地把敬慕和爱意献给他。有的女孩子，竟上前去拥抱她们心爱的王子；还有的女孩子，从篝火旁采下一束野花献给他。俊雄一直笑纳着，好像很享受眼前的一切。

艾静总感觉自己的声音中少了几个音节。她便朗诵了徐志摩那首《海韵》。

"女郎，单身的女郎，
你为什么留恋
这黄昏的海边？——
女郎，回家吧，女郎！"

“啊不，回家我不回，
我爱这晚风吹！”——
在沙滩上，在暮霭里，
有一个散发的女郎——
徘徊，徘徊。

她爱极了《海韵》里那句“回家我不回，我爱这晚风吹”，真有意境。

艾静拾起几根枯枝丢到余火中，看到它并没像想象中那样燃烧，又在地上拾起了几片碎纸屑扔到余火上。纸片一点点被点着了，只是，不多一会儿火光又熄了。那几根枯枝还是没有点燃。

她叹息着站起身，咕哝道：“谁说星星之火可以燎原呀，我有意添柴它却不为所动！”

“你真可爱！星火燎原是要有条件的！”有声音从背后传来。

艾静吓了一跳，顺着声音的来处望去，见肖俊雄从夜色中走出来。

艾静长舒了一口气，好像在说，你吓着我了。

他拣拾了几张报纸扔进去，上面搭了一些细碎的柴草树枝，用手中的折扇一下下扇着。一股浓烟过后，报纸忽地冒出火光，上面的柴草树枝也随之燃烧起来。他让艾静把几根略粗的干松枝扔在里面。松油发着“嗞嗞”的响声，和着松枝烧痛时“哔哔剥剥”的脆响，给山林月夜增添了另类的活力。

俊雄那富有磁性的声音响了起来：

灰烬代表有过火
最灰的那堆使人敬畏
因死去的生物之缘故
它们曾在那片刻盘旋迂回
火先以光的形式存在
然后则旺火强焰
唯有化学家能够透露

变成了什么碳酸盐

艾静知道他咏诵的，是美国隐士女诗人狄金森的《灰烬》。她生前写过一千七百多首令人耳目一新的短诗，却不为人知，死后名声大噪。所写的内容，也大都是自然、死亡和永生。

“我喜欢这首诗，尤其那句‘灰烬代表有过火，最灰的那堆使人敬畏’！”艾静说。

“是呀，那最灰的部分之所以让人敬畏，那是最热烈、坚彻、奋不顾身的生命投身。”

艾静叹服地望了一眼肖俊雄，不好意思地笑了。恍惚中，艾静总感觉站在对面的那个人是俊伟。当她意识到自己的思维有些错乱时，总会不好意思地低下头或给火堆加柴。

Chapter 17

为了舒适一些，睡前艾静换了一件玫瑰紫色的吊带短上衣，下身是一件白色的休闲短裤。颈下的锁骨及修长的凹凸有致的S形的身线，流畅而优美地显露着。

艾静发现肖俊雄正打量着她，他那双经过绘画专业训练的眼睛，发现及欣赏美的眼光，更为犀利和独到。

俊雄和俊伟虽然是双胞胎，有着相似的外貌，有着相似的身形，站在你面前时，两人给你的感觉却有那么大的差异。和俊伟在一起，心绪要宁静许多，心神也会随之舞蹈，但是还能被自己的意识追回来；这个俊雄就不是了，他身上有一种力量抑或魅惑可以把你的心魂牵走，跟着他神游，以至让自己迷失。

当艾静意识到自己在想什么时，心不由得紧抽了一下，她被自己吓了一跳，双臂不由得交叉着放到胸前，像想要维护住什么似的。其实，她知道，人一旦想要维护什么时，那里一定是最脆弱的，甚至到了不堪一击抑或将会失去的底线。

"难怪俊伟喜欢你，你有让许多男孩儿喜欢的魔力！你和许多女孩子不一样，她们身上的许多东西你没有，你身上的许多东西她们又不具备！你好像还没有沾染都市的尘埃，清纯而干净，"俊雄指了指浸在夜里的山林说，"就好像本是住在这山里的，现在又回来了，并未和这山、这水脱离。"

像想起了什么，他对艾静说："你等一下——"

随即，他从口袋里掏出步话机，向两位正在帐篷周围值班的驴友询问了一些什么，又布置好下一步值班的安排，才放心地挂机。

起风了，虽还是夏日，山里的夜仍有些凉意。

俊雄望着艾静，棱角分明的脸上露出一丝笑意。他伸手帮她把被风吹得有些零乱的长发理到背后，沉吟了片刻说："其实，你真的很好，只是你自己还没有发现抑或尚未开发！"

艾静的脸有些发烧。还没等她说什么，他又接着说："明天还要爬前面那座更高的山，去睡吧！"他伸出右手，艾静迟疑了一下，把手伸了过去。他们的手握到了一起。敏感的艾静能觉察出，他尽力不让自己的大手把她的手握疼，极尽温柔。艾静从他的手里，感到了传导出的一种征服的力量。

艾静想把手抽回来，谁知，俊雄却展开双臂，一下子把她揽进怀里，容不得她多想。他的肩好宽好厚，像结实的包袱皮一样把艾静裹起来。俊雄的手，从艾静的肩头一直顺着背部往下滑，到纤纤细腰，到被青春活力撑翘了的臀部，他的手停在了那里，久久地。

这是艾静第二次被男生拥抱。第一次是上高中时，那时艾静慌张极了，被对方拥抱了一会儿就把他推开了。当时艾静还以为男孩和女孩抱在一起就会生孩子，吓得她过后的两个月死死盯着"月事"来的日子。"好朋友"没有辜负她的期待，如期而来，她悬着的一颗心终于落地了。后来她去翻书，结果把自己也逗乐了，为当时的无知，更为当时的单纯。

艾静的心有些慌，因为另一个男孩。他若知道了会怎么想呢？虽然她和俊伟之间并没有确定什么关系，更没有发生什么，可往那条路上走着的感觉早就有了。

俊雄已吻向了她。她难以想象，看上去那样具有刚性的大男孩的唇也可以这样柔软，像棉花糖一样好像能化掉似的。她也被吻过。当年的吻，只是那个男孩，用唇印在她的额头、她的两片嘴唇的外边，并没有把他的舌头探进她的口腔里。俊雄的舌头却那样娴熟地撬开她的两片薄嘴唇，她的矜持、羞涩消逝了，女孩子深埋在心底的那股热情与欲望的花苞在这一刻绽放了。

俊雄甩了甩几乎齐到肩头的头发，把艾静推开了一些，重新审视了一会儿,然后眯起了那双具有穿透力的眼睛说:“有型、清纯、淑女、充满激情!你给我当模特吧,你会是我最优秀的作品。”

艾静偏过脸,她不想让他那样看她。俊雄又一次把她搂紧,手向她起伏的前胸上摸去。她不知是羞怯还是激动,身体微微地向后闪了一下。幅度不大,俊雄还是感觉到了。他欲探开艾静上衣的手,停在了那里。

乳房是爱情,一个女孩子若让一个男人大大方方地抚摸乳房,说明女孩的羞耻之心,早已在男人的掌间消蚀殆尽。

他的手停在了那里。艾静也就势推开他，语气有些慌乱:“你——你——还要为大家值勤,我也想歇去了!”

她没有指责他。她不知自己该怎么指责。他有错吗?那他错在哪儿?因为她也不是谁的什么人,但他就一点错也没有?

“等等!”俊雄叫住了将要转身走开的艾静。他微笑着,从口袋里掏出一大块德芙巧克力,“吃吧,增加体能!”

艾静抿着嘴,接了。巧克力在俊雄的口袋里捂得有些软,好像有了生命似的,让艾静触摸到了它的温度。艾静垂着的眼帘掀了一下,随即又撂下,因为她不知该把怎样的表情递给眼前的俊雄——俊伟的哥哥。

“对了,山里的夜还是有些凉,注意保暖!”俊雄在艾静的身后又补充了一句。

Chapter 18

“我哥给你的！”周一上学时，俊伟把一本书递给艾静说。

看到书名时，艾静的心还是狂跳不已，伴着一种说不出的心虚。是那晚她在篝火晚会上朗诵的徐志摩的诗选。她不敢看俊伟的眼睛，怕敏感的他会从她的眼睛中读到一丝隐情。她又怕俊伟太善良，太单纯，情感上的一些东西，他背负不起。而她，也不曾学会掩饰。

艾静的思绪又回到了那座红枫山。

由于整夜失眠，天快蒙蒙亮的时候，她才迷迷糊糊地昏睡了一会儿。醒时，驴友们正在吃早点。

艾静打开背包，拿出几包巧克力派和一盒妙士酸奶。一向食欲很好的她，此时心里却满满当当的。那个宽厚的怀抱和那只温柔却也有力的手，从昨夜一直伸向她早起的身心，好像还在那里缱绻抚摸似的。一种说不出的滋味，从她心底泛滥开来。想拒绝他，不知为什么却又欲罢不能。

这时，有个高高壮壮的男生举着一盒巴西烧肉走了过来。他反戴着黑色棒球帽，白色上衣上绘着阴阳脸的小怪人，衣长至膝；灰绿色的休闲裤肥肥大大的，上面的许多袋袋都鼓鼓的，像装着一个个神秘的锦囊。

他把烧肉递给艾静说：“好吃着呢，美女！不想尝尝吗？”

艾静摇摇头。她想起来了，这个男生前一天还自我介绍过，说他是体工大队的田径运动员。他还曾想为她背包，但艾静拒绝了他。

“吃吧，美女！”说着，他拈起一片肉就向艾静嘴里递。

艾静把头偏向一边，摆摆手说："谢了，我实在吃不下！"

"哥们儿，食物吃不了可以兜着走！"肖俊雄不知什么时候已走到他们面前。他拍拍男孩的胸脯说："瞧，你可够壮的，那边的几个女孩正在收帐篷，你还是去帮帮她们吧！"

"阴阳脸儿"瞥了肖俊雄一眼，耸耸肩，无趣地走开了。

俊雄冲着艾静扮了个鬼脸儿，丢下一句"多吃些东西，登山会很耗体力的"，向收拾行装的驴友们走去了。

艾静望着他的背影，还有他肌肉隆起的臂膀，一股热流在身体里像水一样漫开来，同时还伴随着些许不安和莫名的惆怅。

他或许真有一种危险的魅力或者魔力！

"艾静！艾静同学，你的耳朵是不是留在宿舍里了？"

被俊伟这么一说，艾静像梦中受了惊扰一般，睁圆了眼睛。随之她的眼睛游移开去，她还是不敢与他的目光相对。她在努力想着一个恰当的词来打破目前的僵局。

"你忙，那我不打扰了！"俊伟看着她，艾静的心有些发毛。他好看的嘴唇深深地抿了一下，然后默默地走开了。

艾静望着他少有的迟滞的身影，有些心疼。又一个背影重叠向他。她想，他俩虽然长得很像，却不是一个人；他俩若是同一个人，该有多好！艾静叹息着，翻开了俊雄送给她的书。

在那一页，在艾静曾朗诵的《海韵》那一页，诗行的留白处，俊雄用碳笔绘出一幅白描，简洁而传神：

一位身穿长裙的少女，站在沙滩上，面朝着茫茫无际的大海。海天交汇处，一叶孤帆若隐若现。海风吹乱了少女的长发。几只小海星串在一起的耳坠，垂在一只耳朵下；而另一只耳朵下，仅有一只大一点的海星。裸露的肩膀上，一枚小小的枫叶刺青安静又野性地落在上面。

诗与画融合得很有意境，让读它的人，心生另一种解读的风情。

眼睛停止的地方，产生了绘画；情感停止的地方，产生了音乐；语言停止的地方，产生了诗歌。此刻，艾静感觉自己的语言能力已像下游的大河一样断流了，她的内心，却有什么开始唱响、飞翔。她甚至听到了灵魂深处不时撞击堤岸的心潮。

Chapter 19

“你走在薄冰上了！”兰梅警告她。

“我怎么办？”艾静问。

兰梅耸耸肩，不置可否地摇摇头。

“他俩都挺帅，性情上也各有千秋，你还挺有福！不过，要是我——”兰梅神秘兮兮地看着艾静，话头也戛然而止。

“什么？哎呀，你快说呀！我都快急死了！”

兰梅摇摇头说：“你不行，你不是那种人，做不来的！”

“你没说，怎么知道我做不来？”

兰梅神秘地笑着凑近艾静的耳朵说：“要是我呀，他们俩我都要，看看除了性格，他们身体的结构和感觉是不是也不一样！”

“哎呀，你真是，都说了些什么呀！”艾静使劲嘟起嘴巴，脸涨得通红，好像她受到了莫大的侮辱。

“逗你！你当真了？这事我还真做不了决定。不过，他们艺术系的学生一般都挺有个性，很开放的，这一点你一定要知道！”看艾静还在生气，兰梅便调皮地歪起头看着艾静说，“还生气呀，我说正事呢，你在听没？”

“你走在薄冰上了！”这话像一声警钟，敲在了艾静的心上。她像走在岔路口上的游客，不知该选择哪一条路更安全！男人毕竟不是道路，可以返回起点重新选择。她好怕对方承受不起这种伤害，更怕自己承受不起。

Chapter 20

艾静的思绪，又被拉到田野给她的生活里。

那时她太年轻，相对现在的她，是不是也可以用“年轻”二字来解释所咀嚼过的所有荒唐，和由此而生发的灾难抑或不幸呢？

艾静很想喝些什么东西。哦，对了，是红酒。要喝下一杯红酒的话，也许自己的肠胃会舒服一点。虽说酒对胎儿发育不好，但这个孩子反正自己还没想好是否要呢！她想。

“阿姨，阿姨——”艾静喊了几声。偌大的屋里没有人应声，好像只剩了她一个人似的。

她爬起身，打开了所到之处所有能打开的灯，单元房里立即亮堂起来。走过客厅，她看到田野躺在沙发上。刚看过的报纸散落在地上。由于睡姿不适，他本来就少肉的脸显得扭曲而丑陋。让她感到奇怪的是，他今天竟然没有发出像农家做饭时拉动风箱一样的鼾声。

虽然不爱，毕竟他给了她如此优越舒适的生活。艾静走到房里，拿来一张毯子盖到田野身上。

几年中，艾静有什么想法他从来都想方设法满足她。除了对她时时外出有些不满之外，同性朋友还好些，偶尔有异性朋友交往，若被他知道了，要么一声不吭地抽闷烟，要么喝得醉醺醺的，酒后再对艾静乱闹。酒醒之后，他又会向艾静解释，最常说的一句话是：“你在我心里的位置很重，你跟人交往时爱谁是谁，我不管不问，那你在我心里还有位置吗？你说是不？”这样的他，让艾静有一种看到一条小蛇刚刚吞下一只大猎物卡在咽喉，吐出来不是吞下去也不是的那种让人难受的感觉。

盛着红酒的高脚杯，握在艾静手中的时候，她却没有了想喝它的兴趣。非但没有，她胃里好像又被什么翻搅起来。

怀孕的女人真的很怪。拼命地想吃什么，吃不到嘴好像这一天就过不去。可真摆到眼前了，她未必真会去吃。这让男人或没有怀孕经验的女人颇不理解。其实，那一刻，怀孕的女人是真的很想吃，放到面前之后又未必真的想吃，吃几口后也未必真的觉得有滋有味。

"你最近看上去怪怪的，是不是有事瞒着我？"在艾静挖空心思想给胃里填点什么东西时，田野醒了。

"我怎么做才算不怪？"艾静虽有被人看穿了心思的不安，但是，她还是想让自己镇静下来，因此她回过头来目不转睛地望着田野。

"还用我说吗?你自己心里有数!"田野站起身，把怀里的毛毯往沙发上一丢。

"那你告诉我吧，要不我怎么知道？"艾静毫不示弱地说。她心里明白，男人都是这副德性，你即使做了什么事，也一定要装作对他颐指气使、蛮不讲理的样子，这样他会觉得你对得起他；而你越是小心翼翼地看着他的脸色说话，他倒觉得你亏欠了他似的，轻则会挨他老拳，重则他会压你一头，让你永不翻身。

"你是什么人，你自己不知道?"田野吐出的每一个字都像一把小锥子，一下一下地扎着艾静的心。艾静的软肋，被他无情地捅到了。

她强压着心里的愤怒说："那你知道我是什么人了，为什么当初还要救我，为什么当初还要让我跟你在一起？"

正在这时，田野的手机响了。"没良心的！"田野骂了一句，急忙去接电话。

艾静拿了些牛奶泡芙走回卧室。同时，她听到防盗门没好气地撞响。他想必是出门了。

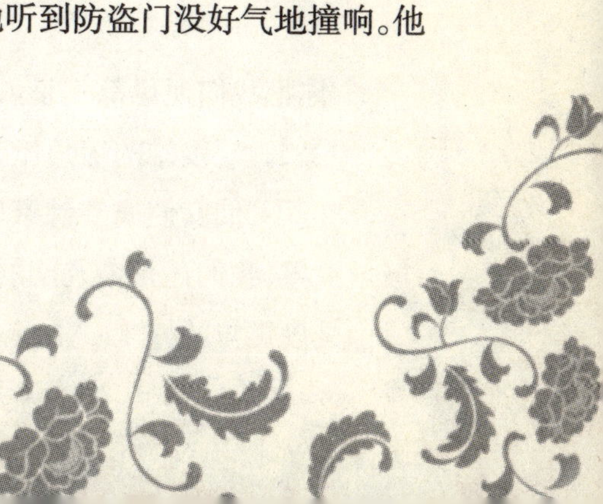

Chapter 21

艾静不想回忆，那扇门一旦打开，就怎么也不好关上了。好像只有这样，她所受的委屈才能稀释，“肚子里的孩子是谁的”这个问题才不再含糊。牛奶泡芙，像一枚枚记忆果，被艾静咬得极慢、极慢。

那一年，就在兰梅给艾静敲响“你走在薄冰上了”这个警钟的第二天，吃过晚饭艾静和兰梅从食堂出来时，遇到了俊雄和俊伟。

俊伟的脸就是他的心情，明快而简单。俊雄的脸也是他的心情，深邃而神秘。望着他们，艾静一时惊得几乎把拿捏语言的能力都丢了，意识散乱得像空中被风吹舞的云彩，而心却如撞鹿一般。

“哟，两位帅哥也来吃饭呀！我还以为你们天天吃‘酷’就能饱肚子呢！”洞穿了艾静心情的兰梅站出来解围道。

“你们不也在食人间烟火么，仙女们？”俊雄把双手插在裤兜里，歪起头来望着她们，他的眼睛里游动着一束炯炯的亮光，在艾静的脸上倏地一扫而过！艾静早就听其他系的女生说俊雄的眼睛会放电，让人根本没有招架之力。

“你把我们说得都不是人了！”兰梅说。

“怎么？”俊雄的嘴角掀起一丝不易被人察觉的讥讽。

“可不，仙女们属于佛家里讲的无色界里的人物。那是解脱人世苦海的极乐世界，我们还是做凡间的俗女吧！”

见俊雄与兰梅“PK”上了，俊伟把脸转向艾静说：“晚上上网聊天吗？”

“文学沙龙有活动，我答应他们去了！”艾静说。同时她感到俊伟的眼睛里的光黯了下去，就像海浪满怀希望地去拥抱岸边的礁石，结果被击得粉身碎骨。

对俊雄所送的书，艾静什么都没提。俊雄也好像忘了这码事，心照不宣地什么也没说。艾静还是忍不住回头去看了他们一眼，却遇到了俊雄望向她的眼睛，对她淘气地眨了眨，那夜所有的感觉像又重新回到了艾静的身上。走在他身边的俊伟则垂着头，他也是敏感的人，心里不会没有感觉。那个“情敌”是自己的哥哥，纵使他有去竞争的力却也没有去争夺的心。想到这儿，艾静心里五味杂陈。

“会越来越糟，再这样下去的话！”和他们分手后，兰梅望着天边最后一抹带着橘色的余辉说。

“我谁也不想伤害！包括我自己！”

“事情的发展往往总会遵从它自身的轨迹，而不会因为人们的良好愿望而改变！”

俊雄的书就压在自己的枕下。一周以来，所有的梦都几乎与之有关。艾静总会问自己，俊伟和俊雄为什么偏偏是亲兄弟呢？若不是，她的心会轻松许多，她处理起他们之间的关系时也容易多了。

“旁观者清！我想你还是离俊雄远一些，像他那样的情种，不是你能把持得了的！你又是为感情而生的，会很受伤！”

“也许，我真该离他远一些！”艾静长叹了一声，像是给自己勇气和信心似的，把脚下的一枚石子，远远地踢了出去。

天空整个暗了下来。校园里所有窗口都亮起灯来，像一个水晶世界似的，使生命个体被纠缠的苦乐悲伤也都被掩盖起来，只留下一片通明的浮华。

Chapter 22

这天是11月11日，很多人都叫它“光棍节”。晚上，兰梅拉艾静去玩“杀人游戏”。

光棍节还没有来临之前，某些网站上早就唱响了“打响爱情狙击战”的口号。那些发帖子的人扬言，11月11日属于全体光棍，光棍打击面广，适用于所有没有另一半的人。不论男女，只要你是单身，就有资格唱那首流行歌曲《单身情歌》。还说在11月11日这天，孤独的人是可耻的，孤独的“光棍”更是可悲的，这一天，光棍一族们应该从自家走出，集体脱“光”。

“杀人游戏”是近年在都市青年中非常流行的一种游戏。它需要理性推理和感性认识。在人们的轮番陈述中，捕捉对方可能是或可能不是凶手的信息。若自己是凶手，也在轮番陈述中，用沉稳的心态及欺骗的技巧隐蔽自己。

这很像现在的生活，也许伤你最重的，即是你最信任的、付出情感最深的那个人，因为他(她)知道你的软肋在哪儿，利用你或摧毁你不费吹灰之力。现在的职场也是，同事之间看上去一团和气，背后却是勾心斗角。若实力与水平相当，谁死谁手，那就要看谁的造化更高一筹、谁比谁更阴险抑或更有智慧，当然，还有运气。

在一间教室里，坐着许多爱玩“杀人游戏”的同学，艾静是第一次玩，感觉很是新鲜和刺激。一位扮作“法官”的同学宣布完游戏规则后，游戏开始：“黑夜来临了，请大家闭上眼睛。杀手把眼睛睁开，可以出来杀人了。听到此命令后，抽到黑色牌的三个杀手可以睁开眼睛，确认一下对方。”法官环顾着人们，不时地用手指"嗒嗒嗒"地敲在桌上。

艾静闭着眼睛，庆幸自己没有抽到黑色牌。在生活中，她知道自己也许永远都不可能杀人。至于被杀，她没想过。在游戏中，若她没有足够的智慧，那么时时都会毙命的。

"杀手闭眼。抽到王牌的警察可以睁开眼睛，互相认识一下，并可以怀疑闭着眼睛的任意一位为杀手，并看向法官。"法官时而点头，时而又摇头。他是一位法律系的高材生，因社会实践中经常进行法律咨询，还在一家法律事务所实习，所以他的声音中还颇带有一些职业性的元素。

由于法官具备很强的掌控能力，把杀人的游戏现场营造得还真有氛围。教室里很静，除了几个人的呼吸，除了楼下时而有路过的同学说话的声音，椅子稍有扭动，都会显得刺耳和让人毛骨悚然。

楼道里，有脚步声由远而近，在教室门口停了下来。处于"杀人"现场的同学中引发了小小的骚动。法官看向来人，对他打了个手势，意思是：请安静，有事一会儿再说。

"天亮了，可以睁开眼睛了。"法官说。

大家把目光齐刷刷地投向走进来的那个人。艾静心里一惊，来的人不是别人，正是俊雄。俊雄瞄了她一眼，凑在法官耳边低语了几句。

俊雄微笑着冲艾静把脸向门外偏了一下，艾静领会了他的意思。小声对坐在身边的兰梅说"我出去了"，在众目睽睽之下走到台前，把手中的牌放在桌上，说了声"对不起"，便跟着俊雄走出了教室。

她压抑着激动的情绪，尽力让自己的表情及步态显得平静，其实她的心都快跳到嗓子眼了。

Chapter 23

走到楼外，俊雄说："俊伟和另一个女孩去参加派对了！我找了你半天，有人说你在这儿，我才找了过来。咱们到外面走走吧！"他望了一眼头顶，"你看，月华如水的夜，像是送给光棍们的礼物！"

艾静愣了一下，俊伟和别的女孩子去参加派对了？虽然有些怀疑，但她还是相信了俊雄的话。因为近一段时间，俊伟对她和对其他同学已没有什么区别，他不再主动约她上网、聊天、散步了。即使有时目光偶尔相撞，俊伟也会把眼睛避开，不再交流。

课后，她曾看到一个女生来教室里找俊伟。当时俊伟是搂着她的肩亲密地出去的，走到教室门口时，艾静还看到俊伟竟然在那个女生的脸上亲了一下。女孩子很活泼，一说话就笑，虽然不是很漂亮，但身姿却也袅袅婷婷，能让许多女生艳羡或男生唏嘘。俊伟还是移情别恋了。这么好的俊伟，应该有一个可爱的女孩来陪。艾静在怅然中安慰自己。

月亮果然很圆很亮，把他们的影子拉得又细又长。一对对情侣悠然地在校园里走着。哪个凉亭下或哪株松树荫里，没准就会有相拥着的恋人。

"你是不是有些冷？"说着，俊雄脱下身上的衣服，不容分说地披在艾静身上。

他的体温，瞬时被艾静感应到了。同时袭上心头的，还有一种说不清的情绪。艾静的鼻子有些发酸，为了不把自己拖进不良情绪里，艾静尽力不让自己有任何思维，就像今天晚上跟着兰梅赶往"杀人"现场似的。

"想你。想。从那天的红枫山上回来，我对你的思念时时都在！"俊雄握住了艾静的手。

他的手好热。同时握住艾静的还有俊雄说的那夜丝丝缕缕的感觉。俊雄把艾静拉进自己怀里，艾静听到了他心脏有力的跳动。她没有挣开俊雄的手，就那样贴着他，那么近，能闻到他身体里散发出来的男人味。这种味道像一剂催化剂，使怀春的少女产生迷幻的感觉。俊伟现在是不是也这样贴着另一个女生呢？艾静被这种想法吓了一跳，她使劲遏住思绪的缰绳，不让自己再往深处坠落。

俊雄在吻艾静，像那晚一样。他宽厚的舌头，开启她湿润的唇。她犹豫了一下，还是放弃了，不再给他一点阻拦，一点点与他配合着。那一刻打开的，还有一个花季女孩封闭已久的心门。

他的舌头携着激情，向她处女的情怀中冲击、翻卷。他的手探向她随气息起伏的胸脯，她的身体随之像被风掠过的树枝，微微颤动了一下，没有躲闪。

艾静伸出双臂环住俊雄的脖子。

Chapter 24

以前，兰梅跟艾静说私房话时，曾说过她在上大二时与网友的“情史”。他们是在第一次见面时，该发生或不该发生的就都发生了，这把艾静吓了一跳。

“不会吧，这么轻率，你了解他多少？”

“了解那么多干吗？累不累？我又不想跟他以后怎么怎么样，即使他想，我也不会！”

“也是，毕业后接触的人多了，也许会遇上更好、更出色的！”

“是呀，现在的年轻人怕承担结果，却不会拒绝享受生命的过程！我也不例外！其实，他是我有过那种关系的第几个男人我也记不清了。”

“不会吧，你？”

“瞧把你吓的！不过，你没有必要让自己这么苦。肖俊伟总围在你身边，你可以给他机会。”

“他只是偶尔和我看看电影或在网上聊聊天，但没有说过爱我，更没主动吻过我！我怎么好主动……”

“是他太在意，怕把你吓跑了！可能是他觉得你那么纯，是怕由于自己不小心会失去你！其实，是男人，没有不想要的！”

“有一首歌是这样唱的，‘不是我不小心，只是此情难以抗拒’；可还有一首歌这样唱的‘怕自己不能负担对你的深情，所以不敢靠你太近’，我不知他对我是哪一种。”

“你们俩呀，都在猜测对方！”

“也不是，我对他的感觉很怪，和他在一起时，感到开心和快乐，回来后却不怎么想他了！”

“不管怎么样，你别在大学毕业后还让自己是处女，否则，你会吓着那些男人，他们会以为一个没有过男人的女人是没有魅力的！”

兰梅细心地观察着艾静的表情，她怕对艾静的“洗脑”，艾静不能接受。

“你没事吧？”兰梅问。

“没，没什么！”艾静也意识到自己的思绪飘远了。

“你一定想什么了？”

“我在想，如果人们都在要属于自己的那份权益，那责任还有吗？”

“现在的人，如果能对自己负责，就已经不错了！”

“这样说来，人间诸如爱呀情呀意呀之类的东西，岂不是越来越少！天哪，我不敢想了！”

“你以为呢？你以为现在人和人之间就不是一片荒漠吗？古人早就有‘识透人情冷透心’的名言。在这个世界上，有些人只相信两种东西，钱和血亲！”

“人间还是有美好的东西，只是他们还没有遇到！包括你！”

“你错了！是我曾经以为自己遇到了，可到头来看见的却是美好在我眼前一层层地剥离、撕裂、焚毁与幻灭！怨谁？是我们太年轻、太单纯，还是人性本就如此？有人说，女人一生中要有三个男人：第一个男人是远远地仰慕你的人，他远远地揽你在他的视野里，喜欢你、敬慕你。你是他的‘女神’。第二个是用来被你‘欺负’的人。他是你的‘俘虏’、‘卫士’和‘仆人’。这时，你就是他的‘女王’。第三个男人是一个能‘收复’你的人。在他的面前，你可以扔掉所有的可以称作‘尊严’的东西，为他宁愿失去自我。为什么呢？因为他有勾魂摄魄的魅力，有足够让你为之牺牲的魔法。从十六岁的初恋至今，这三种男人我都拥有过。可又能怎么样呢，除了收获沧桑和对男人越来越强烈的失望，似乎一无所获。”

艾静还是第一次和兰梅聊得这么深，好像挖煤工探到了地下八百米深处，让她感到了一种从未有过的窒息。以前也许兰梅怕吓着单纯的艾静抑或怕她因为不理解这些，从而看轻她。艾静感觉大脑内部的系统也许出了故障，对兰梅说的许多话她都不能很好地进行系统分析与思索。

兰梅笑了。歪着头，一缕额前的头发滑下来把眼睛遮住了。

艾静的心疼了一下。因为她从兰梅的眼睛里，只看到笑的姿态而没有看到笑的内容。

她猜想，兰梅的心一定是静而冷的。

Chapter 25

兰梅那晚的话,此时被艾静想起来,好像被暗示了似的,恐惧中有了某种莫名的亢奋。

我要为自己做主了,就像当年争取上学一样,再做一件让自己想起来都感动的"大事"。而那个俊伟,他现在若看到我和他哥哥在一起才好呢,好几年的心灵相契,我不信他看到这一幕,就真的能一笑而过!

俊雄的手再次爬上艾静胸前那两座山峰。拇指食指尖轻轻捻着她的乳头,让她有了一种从没有过的眩晕。她希望他继续、继续,不要停下来。因为这种感觉她从没有体验过。

"回宿舍去!"见艾静有些迟疑,俊雄说,"没别人,那哥几个不是在会情人、上酒吧,就是在'杀人'呢!"

走向俊雄宿舍的路上,他们就那样亲密地偎着,谁也没说什么。好像任何语言对他们此时此刻的感觉都会造成损伤。

门锁已被俊雄手里的钥匙旋动了。

"俊雄!"艾静一下子把俊雄的手攥住了。

俊雄停住了,望着她,好像在问:"什么?"

"我——"

俊雄的双手用力扳住艾静的肩:"宝贝,你想说什么?你若后悔还来得及!"俊雄的声音很轻柔,柔得像一滴墨汁滴到一盆清澈的水里,然后又分散开,丝丝缕缕地游弋着;又有一种疼惜,像是好端端的清水,被墨汁玷污了。

"我——俊雄,你不知道,我——还是处女——"

好一段时间的沉默,沉默得艾静的心都有些痛了。他是在笑吗?笑我还是处女?有一股淡淡的哀愁在艾静心头升腾起来。我是不是吓着他了?

俊雄一把把艾静裹进自己厚实的怀里,声音里有克制不住的激动:"宝贝儿,你说的可是真的?"

艾静点点头。想起兰梅和自己的深谈,她不禁自问:俊雄会是她说的那三种男人中的哪一种呢?

俊雄更紧地把艾静抱住了,在她耳边细语:"那,我会更疼你了!"

"亲爱的,你送了我这辈子想都不敢想的礼物。我没有想到,这年头还会遇到像你这样给我鲜血的女人!是的,你给了我血!好一朵用生命绽放的花。是个大礼呀!以后我要还给你爱!"

艾静抚摸着俊雄健壮的胸肌,心里有种说不出的感动。俊雄无疑是优秀的,无论是学业、外形,还是他的身体。她为自己能拥有这样一位被许多女生着迷的男生感到骄傲。而他弟弟俊伟的影子,彻底从她的脑海里淡去了。

"刚才你告诉我你是处女,我还以为你在骗我!没想到是真的!"

"你在笑话我吗?"

"小傻瓜,你在说什么呀!"俊雄又伏下去吻艾静身体,"我接触过的她们中没有一个是处女。你不一样,我会好好爱你的!"

艾静沉默了,为他说的"她们"。她在想,那我又算他的什么人呢?他的"她们"中的一个吗?

俊雄好像也感到了自己的口无遮拦,道歉似的说:"你是个好女生,啊,不!是个好女人,是我把你改变了。我以后也为你改变,不管我做过什么,那时我生活里毕竟没有你!以后就不同了。信吗?"

艾静又想到了兰梅讲的那三种男人。尤其是第三种。能被一个男人的魅力征服是件幸福的事,但这是苦涩的幸福,或者不幸。晶莹得能折射出太阳光的盐花,就是开在咸苦的海水中的,还要经过风吹日晒。

莎士比亚说:“爱情是开在悬崖上的一朵花,当你想摘它时也许会摔得粉身碎骨。”如果真是这样,我会要吗?如果……人老的时候,因为能看到许多结果,因而有许多事便不去做了。我还没老呢,就想到了这么多“如果”。

艾静的眼睛还是有些湿。俊雄的舌头吻向她的眼睛。艾静把自己的身体贴向健壮的俊雄,好像他身体里有她所要的答案……

Chapter 26

迷迷糊糊中,艾静感觉有人来掀自己的被子,一只粗大的手也摸向了她,把她又拉回到现实中。

她下意识地伸手去摸台灯的开关,手却被拽住了。同时,一股浓浓的酒气像最不愿见到的人一样,没有任何礼节可言地袭向她。田野的嘴一边在她的脸上、颈下及胸前拱动,一边含混地说:“你有事瞒着我,你一定——有事瞒着我——”

虽然满心厌恶,艾静还是止住拒绝他的冲动,任他喘着粗气的身体在自己身上粗野地蠕动。他试图进入她,可试了几次,都没有成功。

“怎么回事?他妈的,今天这是怎么了?”田野仍不甘心,一次又一次地努力尝试着,仍然不能完成。他所有的信心在那一刻像被深度侵蚀的堡垒一样,一下子瓦解了。他从艾静身上像败兵一下滚鞍落马,不时喘着粗气。

艾静躺着一直没动。不屑的大树上,同情的藤蔓在向上疯爬着。这个中年男人在用他的失败,向她呈上了两个人都不满意的答卷。

突然,他一骨碌爬起身,扭亮顶灯。那一刻艾静的眼睛被扎疼了,同时扎疼的还有举在她上方的男人那张扭曲的瘦脸。他满脸涨成紫茄色,眼珠子像被屠宰前的公羊一样毫无光彩地凸着,鼻翼像扇子一样不住地扇动,厚厚的嘴唇向外翻着,也是青紫色。

看到艾静冷漠地看着他,他一下子扳住艾静的肩胛,像抓着一只不堪一击的小动物。他歇斯底里地大喊,也许是烟酒过度,声音从咽喉处拖出来时已被撕成不规则的几缕:“你,你在嘲笑我?”

“你弄疼我了！”艾静扭动着身体，眼睛从他抓着自己的手移向他的脸。

“你还知道疼？我的心有多疼你关心过吗？你说，你关心过我吗？”

艾静使劲地抿起嘴，看着他，眼睛眯成了一条细缝。他陌生得让她有些生畏。

“我救了你，给你好吃好喝好住好穿，我就这么心甘情愿地疼你、养你，可你的心又放在哪儿？我的贸易公司虽然不大，可做得并不赖！我虽然没上过大学，可我的公司里不但有大学生，还有研究生呢！他们在给我打工，知道吗？他们田总长田总短地围着我，看着我的脸色过活！”

艾静把头扭向一边。她不愿看他。她的肠胃正在翻搅，她怕一不心会把胃里那不多的一点牛奶泡芙和着消化液一齐喷到他的脸上。

田野会是兰梅所说的那三种男人中的哪一类呢？他好像不属于其中的任何一类。

田野把艾静使劲往床上一扔，鞋也不穿，骂骂咧咧地出去了。

Chapter 27

艾静听到吧台那儿有杯子被狠狠地摔碎的声音。随着一声沉闷的嘶吼，又有一只杯子粉身碎骨了。他仍没有停止，玻璃与大理石地板撞击的声音还在爆响。在静静的夜里，显得那么乖张、刺耳。

她有些怕。怕田野激情之下会做出什么她不愿看到的傻事来。她是个曾经死过的人，劫后的余生都是别人“赏赐”的。田野并不坏，不管对别人怎样，对她确实照顾得无微不至。

她爬起身，光着脚从屋里走出来。厅堂里吊灯通明，映着她白色睡袍上一张黯然的毫无生气的脸。她的眼睛眯了一下，也许是被灯光刺痛了眼睛。长长的头发散乱地顺着脸颊一直披到腰际。她的双手垂着，就像世间再没什么值得把握住的。大理石地面很冷，她却全然没有感觉到。

“何苦呢？”她的声音很微弱，好像经过了多人才传递到了她这里，能量快要耗尽，只留下一句象征语言的符号。

吧台边的男人，身子少了筋骨一般，若不是吧台的支撑就会完全瘫软在地上。他的手正从吧台的格顶上摘下一个杯子，随即手一松，那只精致的喇叭筒形的鸡尾酒杯落到台面上，碎了。他并没有停下来，继续去拿杯子，接着摔。

在他的周围，大理石黑白相间的纹路里，玻璃杯的碎片痛苦地呻吟成了一片，白花花的，把艾静的眼睛都扎疼了。

“啊——”艾静惨叫一声，捂着脚，蹲下身去。

田野的眼睛好久才迟钝地转动了一下，才意识到发生了什么。他离开吧台，晃晃悠悠地走向艾静。在他鞋底的下面，传出碎玻璃咯吱咯吱的呻吟。

“怎——怎么了？”

艾静痛楚地坐在地上，蜷缩着身子。

他又晃晃悠悠地走到艾静跟前，抱起她，怕不能抱稳而摔了她，便换了个姿势，像夹文件夹一样把她夹在腋下，扶着墙走进卧室，把艾静放到床上。摸索了半天，他才把顶灯打开。看到艾静脚底已被血染红，不时有血往下滴时，田野的酒也醒大半，神色变得慌张起来。

“扎伤了？走，咱们去医院！”田野说着，就去抱艾静。

艾静已没有了痛楚。对于她来说，死亡都不觉得陌生，流些血又算得了什么！

她推开他说：“去拿云南白药和棉纱来！”

田野狠狠地抽了一下自己的脸，骂着：“我他妈的都做了些什么呀！”便站起身，去储藏室拿小药箱。

艾静感觉脸上触到了什么，用手去摸，原来是那张夹在《琴声如诉》里当书签的纸片。怎么会在他这里？艾静不敢相信自己的眼睛，惊出了一身冷汗。上面的字想必他已经看过。否则，他也不会一改过去对她的温柔与宠爱，发疯似的酗酒，发疯似的冲她吼，发疯似的对她动粗。她不相信是那个林阿姨出卖了她，林阿姨对她像对自己的女儿一样，她没有理由不信任她。

田野重重的脚步声传来时，艾静赶紧把纸片塞进嘴里，艰难地往下吞咽。许是她的喉咙太小或是纸团太大，它就鲠在那里，把艾静的脸都涨成紫色了。

田野提着药箱走了进来。

艾静的嘴巴紧闭着，拼命地往下吞咽，咽喉被刮得生疼，有腥涩的味道随之泛了起来，像是被卡出了血。不争气的泪水，顺着艾静的脸颊往下爬。

“宝贝儿，看你都疼哭了！委屈了是不是？都是我不好！”田野先是用毛巾为艾静擦脸，接着俯下身，伸出舌头舔光了艾静脚上的血，而后小心地给她脚上涂药水。

艾静哭得更凶了。为自己，更为眼前的这个自己不爱的男人。

Chapter 28

谁在看我，而且还是用那种狠毒的眼神？让人都不敢直视他的眼睛。由于好奇，艾静还是把眼睛裂开一条小缝。原来，一直注视着她的是扒在窗帘后的太阳。窗帘拉得不严，形成了一道大大的缝隙，太阳就从那里一直看着她。

昨夜艾静的脚受伤后，她要了两片舒乐安定，不一会儿就在田野的怀里睡着了。当时，她很想回自己的卧室去睡。她又不想再刺激田野。田野已被泄露了天机的纸片上的句子刺伤了，艾静不想再让他伤心。

在田野之外，再接受其他男人的示好，此时的艾静已不认为自己做错了什么，因为不爱。只是，她却不想让他知道此事，那种背离的伤害，艾静经受过，她宁愿不露声色偷偷摸摸地去爱。

日本作家渡边纯一的代表作《失乐园》中的女主人公凛子有句经典之言：我只是爱上一个我真正爱的人，难道这也叫外遇吗？从她的角度看，这话没错，她以外遇弥补婚姻中无法使心灵满足的欠缺；换一个角度看，这话难以让人接受了，它关乎对他人的尊重，更关乎一个男人的尊严。痛着的幸福、苦着的甜蜜、惊艳的决绝，这就是凛子给艾静的感觉。对艾静而言，不曾有过婚姻，外遇又从何谈起？

艾静闭上眼睛，有无数发散的亮点往眼皮外面冲撞。想来，最美、最有光彩的东西，非但不能靠近，就是看久了，也会使人受伤。和俊雄同居的时候，俊雄爱给她送百合花。有一次她头晕目眩、胃部翻腾，趴到马桶上呕吐不止。好容易感觉舒服些的她走回屋里，闻到百合花的味道后，不适的感觉又卷土重来。俊雄见此，赶紧把百合拿出卧室，并打开窗子通风。原来，都是美丽的百合花惹的祸。花能醉人，也能伤人，极像爱情。

厅堂里，林阿姨在收拾昨夜的不堪，“哗啦啦”的声音传到艾静耳朵里，不用说，林阿姨已经知道家里曾发生过“战争”了。除了主人吩咐的事，她对家里其他的事一般不问。从这一点来看，她很聪明。

腥味又从咽部泛起来，被吞下的纸团想必已在身体里化解了。曾以为像血一样在身体流动的文字，曾以为像漫天的花瓣一样在她视野里飘洒的心醉与眩晕，却让她如此痛苦不堪。如果它是一副面孔，此时一定是极度失血或被全然虚拟了的。

伤，什么时候才能愈合？艾静感到了绝望，自己还这么年轻，难道就这样不明不白，没光没彩地活一辈子？还有身体里的孩子，要，还是不要？他究竟是谁的呢？难道，难道是苗韵桐的？

这想法刚冒出来，艾静便使劲地抿起薄薄的嘴唇。女人如果深深地爱着一个男人，没有不想给他生一个孩子的冲动。她也有过，那样深切地有过。之以有这种想法，是想让孩子成为彼此情感的印证，是想让孩子当祭品一样献祭给自己所爱的人，也是想用他留住男人的心。现在，这种痴心却像被秋风扫荡的街市，除了满地的萧瑟，什么也没有了。

“虽然我是已婚的人，你却是我的初恋，是我唯一的爱情。你在我血液里了。”在过去的三年中，苗韵桐的这些话已像种子一样播撒在了艾静心灵的土壤中，生根发芽。她抽尽自己的心丝，倾注所有心情滋养浇灌着她的爱情，可到头来，又怎么样呢？

“珍重自己，记着想我，把生活过好。爱你的人！”

这是苗韵桐那天发来的信息。像收到一条发错的信息似的，被艾静毫不犹豫地删除了。

世界上有三样东西不能相信：男人的承诺、男人的感情、男人的理由。如果他给过你天长地久的承诺，是因为他对你们之间的那份感情还没把握，想以此给彼此安慰；如果他说你是他一生最深的或唯一的爱，他很有可能对别的女人也说过同样的话，以此来兑换你的痴情；如果他失约，之后给了你若干理由，你千万不要信以为真，他的种种理由只不过是让你原谅他的借口。

这是QQ群里一位网友说的。一定是那个网友把泪水晒干后的经验，用以叮咛和自己一样的女性朋友。有许多事，别人事前告诉了你得失的经验，或给了你最中肯的提醒，有时却也不被人重视。只有亲身经历过或撞了南墙碰得头破血流之后，才能真正意识到自己手里曾握着真理，事前却没被重视。真理都是浴了血的，前人把它们给了我们，我们却偏要再去浴血。

那位网友还说，每个女人，一生至少会傻一次。傻两次及以上者，不是女人，是母猪。我不是母猪，又是什么呢？

艾静望着屋顶，感觉自己好像坠在一口不知道底儿在哪儿的深井中，可怕的是，自己还在向未知的深处坠落。

Chapter 29

我站在布列瑟农的星空下
而星星，也在天的另一边照着布列勒
请你温柔的放手，因为我必须远走
虽然，火车将带走我的人
但我的心，却不会片刻相离
哦，我的心不会片刻相离
看着身边白云浮掠，日落月升
我将星辰抛在身后，让他们点亮你的天空……

是艾静的手机的彩铃在响。时间之长，足以让马修·连恩把《布列瑟农》唱完。

“小静，你的电话！”林阿姨走来，把手机递给她。

电话此时却哑了口。艾静把电话扔到枕边。正好，她现在不想跟任何人说话。

“早点吃什么？”林阿姨一边把窗帘拉开，一边问艾静。

一提到食物，艾静的胃又开始不舒服起来。

林阿姨以为艾静没听清，又问了一遍。

有一种食物冒出来，随着它的出现，艾静的胃舒畅多了，随即马上吃到嘴的渴望也像雨季的蒿草一样疯长。

“煎饼果子。”

"好，我去买。"林阿姨应了一声，出去了。

我站在布列瑟农的星空下
而星星，也在天的另一边照着布列勒
请你温柔的放手，因为我必须远走
虽然，火车将带走我的人……

手机又响了。艾静仍任马修·连恩在那里深情地唱着。

马修·连恩爱上了一个美丽的女孩儿，在一个叫布列瑟农的小镇，他们度过了一段无比甜蜜的时光。但是，女孩儿要去佛罗伦萨学习艺术；他也要随乐队到慕尼黑继续靠表演生活，他们不得不分别。离别的火车上，睡梦中的马修·连恩隐约听到了这段旋律，醒来后便把它写出来了。

美好，其实都应在它还存在时就戛然而止，这样它就得到了永久封存，像酒越放越陈、越陈越醇、越醇越香一样。这些，有些经历的人都知道，可最后还是很少有人能等到。而那些能等到的人，一定不是凡人。

艾静感觉自己现在的混乱，就是因为自己的平凡！因为，她无法在一份份情感中，超尘脱俗。

Chapter 30

看见俊雄和一个女人在床上的那一幕之后，艾静万念俱灰地走到了海边。随身还带着那本《徐志摩诗选》。她在沙滩上一直坐到夕阳吝啬地收拾起最后一抹余辉，海面上的渔灯被微微的海风吹拂得明明灭灭。

徐志摩在说："回家吧，女郎！"

"啊不，回家我不回，我爱这晚风吹！"艾静木然地回答着，声音好像不是自己的。她用脚丫去踩那一声声浪花深情而又无助的喘息。好像受到了一种蛊惑、吸引与召唤，她想从不堪的零乱与糟糕中走开，走到大海的深处去。那里有水晶宫殿，那里有生命的初始状态……

"别怕！有我呢！你醒醒吧！"那个救了她的中年男人拿起一方热毛巾给她擦脸。当毛巾在她脸上拂过时，泪水也被招呼了似的，流了下来。自己都经历了什么呀，自己曾经那么爱的人，曾为不愿用避孕工具的他怀过而又失去了两个孩子，他口口声声说着爱她的同时，却一次次背叛了她。

"对于我来说，爱和性是合二为一的！"艾静说。

"爱和性是两码事！"俊雄说。

"那，我在你心里还有位置吗？"

"这是两码事！我只想让自己活得痛快，不再想让人人都满意，因为现在不是所有人都算是人！"

"兰梅说得对，你就是这样一种动物：外表像孔雀、脾气像公牛、行为像种马！"

"你还少说了，我对你的爱情像一种非洲的花，它的花名叫'过去、现在

和未来'！”

“是，你可以送给我，你还可以送给任何一个有姿色的女人！”

“谁让我是学艺术的呢！生活对于我来说，无处不是艺术！”

“兰梅还说过，背叛是你的血统，博爱是你的宣言，自由是你的口头禅，见异思迁是你一贯的作风。我还想加一句，你所标榜的艺术只是行为艺术，是你为自己的观念、为自己的玩世不恭所立的挡箭牌。”

……

眼前的男人搂住了艾静，极其轻柔地安慰着她："不要再怕什么！如果你不嫌弃，你就永远在这里住下去。我虽然有妻子，但她在南方的乡下，只要我每年给她寄钱过去，她不会管我在外面怎么生活。我们那里的很多女人都是这样生活的。她们懂得只有让男人高兴，才会有衣食无忧的生活。否则，人老珠黄的她们，向哪里去讨生活？”

他看艾静喝了些水，情绪稍微平稳些了，便扶着她重又躺下。

艾静再度醒来时，发现田野歪在床边的沙发上，她的手仍牵在他的手里。他在重重地打鼾，好像累极了。

艾静的鼻子一酸。瞧自己现在混的，竟然被一个做投机生意的老板想收养做二奶。她想起了自己工作的学校，学校的同事里有大学里的同学，自己现在这个样子，怎么好再出现在他们面前呢？若那样，也许又会回到过去，没准还会去寻死。

“你醒了？”田野揉了揉眼睛，不好意思地笑笑说，“看我，自己倒睡了，准是打呼噜把你吵醒了！”

艾静嘴张了张，她想说什么，又咽了回去。她对他笑了。虽然只是微微地咧了咧嘴角，他还是惊喜地叫起来："你笑了！你笑了！你笑了，太好了！”

Chapter 31

“煎饼果子来了！”林阿姨探头进来招呼艾静，“快起来趁热吃！”

艾静像刚刚苏醒似的睁开眼睛。煎饼果子的味道，强奸了她的胃口，让她恶心。她现在想吃的是肯德基的麦辣鸡腿，对，就是是麦辣鸡腿，而不是让她现在感到反胃的煎饼果子。

“阿姨，对不起！好像您刚才听错了，或是我说错了，我想吃肯德基的麦辣鸡腿！”

林阿姨先是愣了一下，而后脸上泛起笑意：“好，好，是我听错了，你别急，我现在就打车给你买去！”

望着林阿姨离去的背影，艾静心里有些过意不去。自从她走入这个家，好像还从没这般刁难过林阿姨。以前看到怀孕的女人为一口吃的挑三拣四，她总是不屑地在心里暗问：“至于吗？”现在轮到自己了，没想到却也如此这般。

前两次怀孕，第一次是还没满两个月时，就将肚子里还未成形的孩子流产了。那时她和俊雄在一起不久，还在上大学，她不可能要肚子里的孩子。当时有俊雄陪着，百般呵护，像捧着一件娇贵的珍宝，怕一不小心碰碎了似的。

第二次就是那次投海，也是不到两个月，腹中的小生命就消失了。但这个小生命却是她想要的。她想用这个孩子，收复或拴住俊雄那颗躁动的心。当时她没有告诉俊雄，她想等孩子在自己的肚子里稍大一些，直到不能做流产手术时再告诉他。

俊雄对孩子不感兴趣。他曾说过,结婚了也不要孩子。传宗接代的事还是让弟弟俊伟去做吧！为从没见过面的老祖宗尽义务,他认为那是荒唐的事;为子孙万代谋幸福,他认为那是自欺欺人的谎言。

"你都做过两次流产了,上一次还引起了炎症。再做刮宫手术,子宫就成烂网兜了,想再怀孕也难了！"

大夫的话,是艾静不愿相信更不愿听到的。她今生愿意有一个孩子。她愿意真真正正地做一回母亲。

艾静翻看着日历,她又仔细地推算了一下日子,这个孩子在她的肚子里已有五十天了吧。他的父亲是谁,她还不能确定,又怎么要他？就算知道了是谁,在排卵期内跟自己上床的那些男人,就值得她为他生孩子？

医生说三个月内把孩子流掉是最佳时期,超过了,再不想要就得引产,对母体造成的损伤和所遭受的痛苦,不亚于一次顺产。

许多细节,艾静想尽快理顺,这关乎肚子里孩子的命运。

Chapter 32

尽管不愿见苗韵桐这个人，但“他是孩子父亲”的猜想使艾静陷入了一种艰难中，内心也跟着坎坷起来。在苗韵桐的一再坚持下，她还是如约来到了那家咖啡屋。

墙上金发的女人睡眼朦胧，舒展的四肢与她蓬松的卷发一样慵懒，脸上带着温暖的微笑。这是咖啡屋里最幽静的一个小包厢，小得只能放下一张茶几和一张双人沙发。在公共场所，对于情侣有这样相对私密的空间也算不错。

时间还早，要等的人还没赶来。艾静要了一壶俄罗斯红茶，并让服务生多加了些草莓酱和白兰地。当浓郁的红茶及酒香含在她口中时，曾经的感觉好像又被唤起了。

这种茶是她经常点的。还有这个位子，也是她经常坐的。墙上的女人曾聚焦了她无数次凝视。还有她身下的座位，也曾留着她或激情或温婉或醉心或忧伤的厮磨。

有一次，为了消解等苗韵桐的寂寞，她记录下这样一段心情：

你还没来的时候，我正在品一句茶诗：“寒窗里，烹茶为雪，一碗读书灯。”我并不知道它的下句，更不知道它有没有下句。

服务生端来柠檬水。我喝了一口，感觉柠檬少了些，不酸不淡温温吞吞的。

那一刻，我想起了你送给我的茶，喝入的每一口，都好像能润到心上。

我不再喝那杯柠檬水。宁可让自己化为一杯白水，邀想象作茶，一如想你作茶一样。在一种冥思里，各种符号像飘浮的雾霭与微尘，让我看到了。

阳光。瞬间。迪曲。初生的还没来得及分辨出性别的婴儿。永恒。仓央嘉措的诗。时尚。黄房子。死亡。长发女人的背影。保鲜纸。血。抽搐。笑声。红酒。刀光剑影。呼唤。拒绝。初吻。未央的夜。期许。背叛……

是符号，是分子结构，是思绪的组成，更是一些生活的片断。细密得像一块布的经线与纬线一样交错，不容易让我们分清。

我找到了墙上的那个西方美女，我正睛看她，专注地看她。我好像听到了哗然一声轻响，我的冥思之锁被打开了，像阳光刺穿了迷雾，让我看见了意识的一角。

那一月我摇动所有的经筒
不为超度
只为触摸你的指尖
那一年磕长头在山路
不为觐见
只为贴着你的温暖
那一世转山
不为修来世
只为途中与你遇见

仓央嘉措的诗。他的诗，我每读一次，内心都会翻搅个不停。只是，24岁时，他被康熙皇帝以“耽于酒色，不守清规”之名废黜。在押解京城问罪时，他在青海湖畔神秘地消失了，只留下一个旷世之谜，在许多爱他的人们的心中飘浮。

服务生的到来，把我的思绪切回咖啡屋的柔和里。她又倒了一些柠檬水，有几缕白色的粘稠物沉到杯底。我好奇地端起杯子，辨了半天才看出那是已被泡得变了颜色的柠檬肉。不知为什么，那一刻，我多希望它不是柠檬肉，那样我的联想又不知能触摸到什么了。

你的茶香又让我忆起来，逼我放了杯子。燃起一枝“茶花”。开始时我之所以喜欢上它，是因为上面的两句诗：与君初相识，犹如故人归。我想现在的我，一定是“茶花”的故人。

我试着对出那句茶诗的下句：“月光下，邀酒作友，十樽惬意心。”不知对得好不好。

这时，有脚步声传来，由远及近。我知道那一定是你的……

此时的艾静，已没有了过去等他时充溢的渴望与想象。若不是他执意相邀，她是决不会来的。

茶花香烟，像一根定海神针，艾静的双唇裹着它，随着烟草的芳香弥漫开来，她起伏的心绪也渐渐被理平了许多。

艾静似乎有些明白，兰梅在痛苦与孤寂时为什么爱拼命地叼着它。女人内心比男人往往会淤积更多苦楚，却不能像男人在激情之下无所顾忌地排泄与消解。知性女子，更不能像市井女人，随处泼脏或大开骂口。烟，这时就成了最好的媒介，燃烧的不仅是烟丝，还有女人零乱不堪的心情。

Chapter 33

艾静伸手去端茶杯，发现有人把茶水递了过来。这时她才发现，苗韵桐已站在了自己的面前。

“让你久等了！你知道——我——”

“不用解释了，是你的单位或家里有事无法脱身吧！”艾静往里面挪了挪身子，让苗韵桐坐在旁边。

苗韵桐笑了：“那我什么也不说了。”

我还在乎吗？我仍然还能像以前那样在乎吗？艾静在心里说着，面无表情地把红茶喝了下去，把这些话也一同喝了下去。她什么都没说，事已至此，还有什么好说的！

他是个看上去还算温雅的男人。中等身材，宽脸大眼，布满血丝的眼里好像多日没有活水注入，显得有些干涩和混浊。他的嘴唇有些厚，分明的线条中不乏憨实。

“挺想你的，只是我——”

他把话停住了，一双有力的手紧紧握住艾静搭在桌上的手。艾静的手包在里面，小小的，像过去包在他宽厚的怀里一样弱小。

“噢，疼了！”随着艾静的一声低呼，他才把手松开，好久还搭在桌上，好像不想放弃又不得不放弃似的，有些依依不舍。

“来两杯酒！兰姆酒加毡酒加汤力水；百利甜酒加苏打水。”艾静叫过服务生说。

“哇！兰姆加毡酒都很烈，混在一起怎么会是女人喝的？合在一起看上去平静如水，喝下后却火焰熊熊，水火难分，很烈的！百利甜酒加苏打水也是，女人喝酒这种酒很冒险，看上去有一种惊艳的堕落！你不能这么喝这样的酒，你——”

“你真的还在意吗？”艾静像是自嘲，又像是讥讽。

“是我不好，让你受委屈了，”韵桐沉下脸，掏出玉溪牌香烟来，“你，你让我的心很疼，一想起来就难受！”

“你约我来，就是告诉我这些的？”艾静抿紧双唇，眼睛却从男人的头顶飘向了墙上那个睡意朦胧的美女。那张脸上，曾落有多少他们幸福的目光。现在，两人就好像隔了好几重山，谁都无法跨越。

“那个时候，我常常把自己孤独成一片枯叶，怕风吹起，怕人踩踏，更怕无数过往的车辆辗轧。而此时，我亦很孤独，却感觉自己像北方冬天的原野，一切都是冷而静的。疾风从空中扬起来，卷着草屑与黄土，向着夜的暗处冲刺……”

此刻，艾静心中泛起这样的句式。不懂爱情的年岁，她被俊雄的高大英俊痴迷；眼前这个男人，是在她懂得什么是爱情时，为了一份感情而接受的。自以为这次是睁着眼睛走近他的，最后怎么还是一种错觉呢？

酒端上来了。韵桐把盛有兰姆酒加毡酒加汤力水的杯子递给艾静，自己则留下了百利甜酒加苏打水。

艾静端过韵桐面前的百利甜酒说：“你是怕我真的堕落，还是怕我看上去有些堕落？”

“你若真的堕落了，我相信那也是形式上的！否则，你就不会那样痛苦了！有句俗得不能再俗的话，我说时也感觉没劲，不过还是想说，痛苦是拿别人的错误惩罚自己！”

韵桐手里的烟，已经燃到了两指之间。艾静的眼睛注意到的同时，韵桐也感到了灼痛。他并没有把烟蒂放在烟灰缸里捻火，而是像捏死正啃咬自己的小虫子，把它掐死在两指之间。他把烟蒂丢到烟灰缸里时，指间留下一

团浓浓的黑色，泛起一股焦味儿。艾静的心还是疼了一下，他们毕竟恩恩爱爱了一场。如今，她正是用恨来忘记自己曾那样爱过他。

“我真的无话可说了，对你！你知道，我只是求你给我时间！你等我好吗？”他又点了一支烟，由于抽得过猛，他剧烈地咳嗽起来。

艾静把脸扭向一边，有意不看他自残似的吸烟方式。她知道，自己一旦心软，又会像以往那样为他魂牵梦绕。她不想再犯傻。

“你说给你时间，三年里我给过你的时间还少吗？等你的时间还不够长吗？”百利酒在艾静的胃里起了作用，以致她说出的话像小石子，一下一下地击打着韵桐的脸。

韵桐的手机响了。他看了一眼来电显示，紧锁眉头说：“是她的！”

“接吧！”艾静淡然地说。

韵桐按接听键时，并没有躲向一边，眼睛也没忘瞥艾静一眼，以示安慰。

“啊，我正有一个饭局。哎呀，怎么好意思呢？有好多领导，我怎么好——嗯，嗯，别无理取闹了，嗯，挂吧，挂吧！”

他放了电话，从鼻孔里重重地发出一声叹息。

“走吧！”艾静的心中涌起一丝不屑，随之她又为自己升起的这种情绪有些自责，便伸手去拿搭在沙发背上的外衣。

“再呆一会儿，求你！”韵桐攥住了艾静的手。

电话又响了。韵桐烦躁地望了一眼电话，没接。而电话那头，好像铁了心似的执著地呼着喊着。艾静拿过放在桌上的手机，按下接听键，然后递给他。

“爸爸，娇娇想你，想得肚肚都疼了，快回来吧！爸爸——”

听到女儿的声音，韵桐的声音一下子软下来：“宝宝，爸爸一会儿就回！听妈妈话！好乖！”

“别让你的妻女等急了！”说着，艾静站了起来。

韵桐无奈地望着艾静说：“照顾好自己，等着我！”

艾静走到旋转的楼梯口时，看见韵桐还站在原地，虽然灯光幽暗迷离，她好像能感到他内心的挣扎与无助。

艾静的心不由得揪紧了。随之有一种说不出的痛泛滥开来……

Chapter 34

走到街上，天暗了下来，只在西边地平线上方，好像被谁强行撕开了几条豁口，从那里渗出几抹镀着金边的血红，像宣纸一样把周遭洇开了。风冷冷的，把艾静的长发吹得有些零乱。

“坐车吗，小姐？”出租车从她身边缓缓停下，的哥摇下车窗，探出头来问着。

艾静好像没听到，继续向前走。

几个学生模样的女孩唧唧喳喳地从艾静的身边经过。这时，艾静才意识到前面就是自己的母校了。学生们三五成群地穿梭在自行车和汽车中间，从那个气派的大门口进进出出。校园里所有的窗口几乎都闪烁着灯光。

“你到家了吗？不放心。别回信息，她在！”

是苗韵桐的信息。

男人活到这个份上也挺悲哀的！女人被男人呵护到这个份上也挺悲哀的！艾静冷笑了一声，把手机揣进衣袋，她没给韵桐回信息。不是因为他叮嘱她不要回，而是她不屑于这么做。

艾静又望向了校园。这一刻，她很像一个贪嘴的孩子，望着自己做梦都想要的食物。一阵感伤袭上心头。五年前自己也是这儿的一员，那时虽有了些经历，却也单纯快乐。

人生永远没有“如果”。若一定要有，开始接受的那个人不是俊雄而是俊伟，也许就没有以后一颗颗不堪的苦果被自己吞咽。

愿赌服输的道理谁都懂，可没有几个人能输得起。有一个笑话说决定人命运的只有两天，先天和后天。先天是父母给的，而后天则是自己决定的。在爱情中，没有几个女人不在输得很惨时，才顿悟出自己走错的是哪一步。

当年，爱着自己的俊伟为什么突然移情？几个月前，从她自杀后就没有联系的俊伟为病重的俊雄来找她，艾静还当面问过他。当时，他像面对最没有胃口的饭菜似的，躲躲闪闪地把嘴闭上了。任凭艾静长时间地期待，他就是缄口不语。或许，他也是有苦衷的，只是不便对她说。

“一个梦开始的地方，一个梦结束的地方！”艾静叹息了一声，坐上一辆出租车。远处闪烁的霓红灯一下子在她眼前碎开，一片片轰然落了一地，她感觉自己的心被灼伤了。

Chapter 35

那不是韵桐吗？两天后，艾静从妇科门诊走出来，心里一惊，他怎么在这？韵桐也看到了艾静，眼睛像被擦亮的磷火，只是亮起的瞬间便黯了下去。他好像在问，你怎么会出现在这种地方？

他是有顾虑的！艾静注意到他身旁偎着一个三十多岁的女人，有一搭没一搭地翻着病历本。女人的脸很圆，肤色是那种让人想摸一摸的细腻的瓷白，也许过于丰满，使下巴上环出了一层肉质项圈。烫过的头发卷曲着，被染成了深棕色，松松散散地搭在质地考究的乳白色羊绒大衣上。

她一定是许丽丽，韵桐的妻子。否则，像韵桐这样还算有地位的人，不会公开和一个女人坐在这种敏感得像火山口一样的地方。

艾静知道，像他们这些官场上的人，最怕人捅的，一是经济问题，二是男女作风问题。

至于韵桐的妻子许丽丽，几个月前艾静见过她一次。那天，让她撞到了那么多尴尬与羞辱，艾静想起来都脸红，也就是从那天起，韵桐对艾静的态度陡变……

艾静逼自己不要想那些剜心的事，加快了离开的脚步。到走廊的拐角处，艾静还是禁不住再回头望了他们一眼。韵桐也在侧着脸，远远地朝她这边张望。

距离太远了，艾静没有看清他的表情，她想他一定不比她轻松自在。他身边的女人，感觉到了什么似的，也抬头向走廊这边张望。艾静的心咚咚地跳着，她赶紧走出他们的视线之外。

女人看女人，眼里有一把刀，一刀一刀毫不留情！女人直觉的犀利与精准，有时能和最好的侦探比肩。对这个女人，三年来她有过太多的想象，从外貌、气质到心性都有。她想韵桐能挑定自己做他的情人，定是自己有比他的妻子更加动人之处，没想到与他妻子的两次相遇，自己都是在难堪的状态下，相较之下他的妻子倒比自己显得光彩夺目。痛苦来自比较，一点不错。

来看妇科，艾静和她一定有着共同的目的。她有韵桐陪着，而自己肚子里的孩子也有可能是韵桐的，但却要自己独自承受。算来，她肚子里的孩子，是和他的女人同一时间段怀上的。若自己的肚子真是韵桐给搞大的，若他知道了，也会让她一个人来看医生，他不可能不考虑到自己的地位来陪她。艾静有些妒忌他身边的那个瓷娃娃一样的女人了！

“通过检查，胎儿着床状况不是很好。你应该多加注意，不要过度忧思和劳累！”大夫刚才对她说。

“大夫，这个孩子做掉了，我真的可能再也怀不上了吗？”问过了许多遍，艾静还是禁不住又一次问道。

“这个谁也不能保证，你这次能怀孕还是幸运呢！要还是不要，你真得想好喽！”

“她已去里面做检查了。你是怎么了？告诉我！”

走到医院门口时，韵桐的短信息追了来。

“只是有些妇科炎症，不碍事！”

艾静回复了他的短信。她不想让他知道内情。因为最真实的内情，连她自己都不知道。

我站在布列瑟农的星空下

而星星，也在天的另一边照着布列勒

请你温柔的放手，因为我必须远走

……

当手机铃声响起时，艾静知道一定是韵桐打来的。她不想听他任何的询问与解释，便任马修·连恩唱下去。

“你不接我电话。也许，我和她的出现伤了你。我很难受。她快出来了。不多说了，多保重！”

他在信息里说。

“好好照顾她吧！我没事！”

虽然迟疑了片刻，艾静还是忍不住又回复了他的短信息。伤感再次在心里肆虐，却像外面冷冷的气流，夹杂着来来往往的车器人喧，把艾静给吞噬了。

Chapter 36

想起病历本还落在妇科门诊里，艾静有些慌神了，转身往回走。若不取来，她下次去看医生时，就无法提供以前的资料了。只是，去取病历，又会与韵桐夫妇相对。这么一想，她犹豫了。迟疑中，她看到不远处一个穿着浅黄色防寒服的身影一闪，消失到路旁的服装店里。她一惊，那个人看上去很像林阿姨。

她怎么会出现在这里？艾静深感纳闷。也许，她在购物，刚好被自己看到！可是，这里离住地并不近，打车也需要近半个小时，按理说现在正是她采买日用品的时间，不该出现在这里呀！艾静摇了摇头，也许是自己看错了，穿同样防寒服且相貌相似的人太多了。

坐在车上，艾静微闭起眼睛。韵桐和他身边的女人相亲相近的样子，一直在眼前晃。同时，她曾写给苗韵桐的一段文字，也浮现出来：

午夜一点的电话

美好，握在手里的时候，总想永远拥有。

已不是不知深浅的年纪，因而明白那是用梦紧紧锁起，一旦箱底受潮就会彻底抖落的谎言。谁都不愿在最后抱着一个空巢，让仅存余温与回忆填充。

你说，这样的夜，真好……

所有故事与结局都是一只只空箱子？所有装过的东西，又回到了初次收起它的那个潮湿而又阴冷的地方？

你说，希望几十年后还有这样的夜！

怕。因而略去了最激跃与骚动的正午时光，去宁静而又祥和的夕阳下相约。

十月的晚风牵起我们的手。你使劲地吹，欲用孩子的稚气掀亮天边的余辉。

笑了。你。我。不再像正午时不敢看夏日让世界通亮的眼睛。不再怕受伤，因为箱底已被岁月黏得很实。

想起朋友小说里的细节。还未满30岁的他，有一天推开一扇轻掩的木门，他看见已70岁的自己，走到正在月光下纺着像头发一样洁白丝线的老妇人面前，俯身下来说："我爱你。"纺车还在吱嘎吱嘎地摇。棉线从老妇皮肉松弛的手中抽出来。那是心思呀。他直到70岁时才说出年少时不是不敢说而是怕扛不起它之重的那句美好又极易玷污的语言。原来话语不都是用嘴说的。原来语言也是能看得到与摸得到的。

沉默。我伸出手，欲抚那种在天边又在耳畔低回的气息。我仿佛摸到了。那是老妇手中的棉线吗？那是你70岁时在能纺岁月的古老的摇车前倾注一生的经历、透悟、伤痕与性情，并用心抽出的能承受之轻也能承受之重的语言吗？

70岁时原来这般美丽！

人若能选择自己生存的某一个年龄段该有多好！人若都能知道在那一个阶段做什么该有多好！

人生来也许就是为感受一个个向往、期盼、失落与心酸而赤裸着走来走去的；人生来也许就是为把生命中一道道可口与难咽的饭菜都尝尽，宛若坠入湖心的石子，在波纹都漾尽了之后，好像什么都没有发生。虽然还会有新的涟漪漾起来，只是那感觉已不再是你的了。

你说，现在是午夜一点，咱们能这么说话，或什么也不说，真好。

我想起那次在小雨中垂钓。雨，一颗颗滴进铺满浮萍的池塘里，刚轻轻地凹下去迅即又浅浅地凸起来，像个迷醉于一种游戏的孩子。它们并不规则，把人的眼睛都闪得迷离起来。多像星星呀，在眼前闪烁着。钓杆像一只

魔幻的手臂,伸进深不可测的阴霾的天空。我们在用红色的蚯蚓钓绿色的星星。若一颗星就是一个世界,那么我们的手中掌握着多少能给我们痴想与追索的未知啊!

幸福,像冬日午后的太阳,在我们的头上、背上摸着,直把脚跟儿焐暖了。人们都说死亡来临之前的那一刻是最幸福的。我们当时是不是就被那种感觉紧紧地裹住了呢?

好像欲把装在袋里的现钞统统地在那个时间花得精光;好像到了一处名川,要不惜透尽体力走遍每一个也许是艰险的角落以求了无遗憾,因为在我们的一生中,那里也许永远都不会再去了。

不想了。好多事是想不了的。把当前的一切看到极致,并最大限度地靠近,也不是谁都能做得了的。

情如此。世间万物也都是如此吧!

人生,仿若一朵穷尽我们一生在用陶土雕塑的花,在每一个时间里刻下的每一刀都是不可逆的。我们自身是同我们的作品一同完成的。就像我们不可能完全了解先人,后人也不可能完全了解我们。泥土知道,我们的故事都融在那里了。因而,每当我捧起泥土时,总能感觉到它的凝重与温情。它是有生命的,而且有着无数惊心动魄又不为人知的生命演绎的故事。

70 岁的事,就交给 70 岁时去做。现在说它,就像一幅经典的画高高挂在那儿,仰累了我们的头,却错乱了脚下的步子。

有约,就约在现在。

有约,就对这午夜一点的电话直说。

Chapter 37

关于《午夜一点的电话》，其实还是有故事的。只是文里的感觉，却完全被艾静虚构了。真实的场景可不是这样。那是在三年前，田野正在南方探望他的家人。

有一天晚上，独自留在家里的艾静的手机突然响了。电话那头的男人，喝多了酒不愿回家，在街头一边漫无目的地流浪，一边和艾静说话。

他就是苗韵桐。

艾静与苗韵桐的故事的发端，还得追忆到艾静的大学时代，他们是在文学沙龙相识的。

艾静开始注意他，是烟雾总在他所坐的角落一团团升起，好像他来沙龙的目的就是为了过烟瘾似的。每次发言，他的言辞总是不多，却掷地有声。他的文章总是出现在大报副刊及文学刊物的醒目位置。艾静感觉这人是个非同一般的怪人。因此，艾静对他多了些关注。不过，他好像很少来这里。

一个月朗星稀的夜晚，讨论过几篇文友的习作之后，大家来到文化宫后面的院落里。文化宫坐落在清末一个大户人家的祠堂里，所有建筑都是木制的，造得像庙宇，飞檐斗拱、雕梁画栋，古色古香。几个套院也都是方方正正、宽宽大大的，以大青砖铺地，虽然地面被磨蚀得有些坑洼不平，当年的风雅与气派，非但没有因此褪色，反而更增添了岁月的凝重与沧桑。

院墙周围长有高大的苍柏，被前面的长廊掩映着。院落里零散地种着一些叶子呈羽状的树木，靠近房屋处长有一丛丛久经风霜的紫竹，月光下被轻风吹拂得婆婆裟裟，像情人们的窃窃私语。由于年久失修，房屋、木柱、廊壁及青砖墙体都是斑斑驳驳的，像一个久经岁月风蚀的老人。

艾静喜欢触摸那些廊柱，喜欢磨擦它上面裂开后露出里面白灰浆的暗紫色的漆皮，它们有的细腻，有的粗砺。艾静的思绪，总会不自觉地悠远起来。

由于刚下过小雨，云隙里挣脱出来的月光，爽爽朗朗地把眼前的一切笼进了清新的梦境。文友们三三两两地散在院落里，喁喁切切，有的在谈刚才研讨的作品，有的在谈着意境层出的夜色，有的也许在谈情。夜就那样把他们包裹着，像母亲包裹着她的婴儿一般。

艾静坐在廊下的台阶上。不远处，窗内透出的灯光正照着近处的一株树木。含着水滴的树叶很像浸在水里的翠玉。艾静望着它们出了神。这一刻，她把让她伤感的俊雄都忘了，把将面临的毕业也忘了。

Chapter 38

“一个人？”有人说话，声音很轻，像是怕吵着艾静似的，“像你的名字，爱在一种宁静，让心灵起舞。”

男人在幽暗的光线中走出来，艾静一眼就认出他是苗韵桐。这之前，他们还从未说过话。

“也许是性格原因，我感觉一个人呆着很舒服。在许多人当中，我会不知所措！你，你好像不常来吧？”

“我工作很忙，常常外出，而且我认为文人宜散不宜聚！”

“呵，是所谓的面对文字，背对文坛？”

苗韵桐“噗哧”一声笑了：“是这样，写作其实是一种很个体的行为，我不喜欢这种讲评与研讨，好像在教条地归纳中心思想。在圈子里面，若对作者的作品达成一致意见，人云亦云，不利于张扬个性和创新。”

“那你怎么还来？”

“哈哈。”他又笑了。他的笑虽低沉，却富有穿透力。

“我工作的氛围是那种——”他没有再说下去，话锋一转，“偶尔，我也需要放松一下，透透空气，工作很累人。”

艾静的好奇心被勾了起来：“那您是做什么工作的？”

“在机关里工作！”

艾静笑了：“是公务员，我懂了！”

看艾静还在笑，韵桐看了一眼自己的上衣，开玩笑地说：“我的钮扣没有系错呀！”

"对不起,我是想起了朋友发来的一条短信。"

"你听是不是这条?"韵桐清了清嗓子,说了起来,"一腔热血走上社会;起早贪黑吃苦受罪;低三下四谋取职位;常年奔波天天喝醉……弄个兼职只为收费;苟且偷生无聊一辈!"

"哇,不会吧,您都倒背如流了!"艾静被他逗得几乎笑出眼泪来。

"这还用背呀!"

艾静联想到这句话中藏着的意味,便说:"不过,我想到的却是另一条信息。"艾静望着他,一脸的纯真。

"哦,是什么升官、发财、死老婆吧?"说完,韵桐好像解嘲似的清了清嗓子。

"听说这是你们男人的三大喜!不过这话也太恶毒了!升官发财都不是坏事,干吗非盼着老婆死掉呢?"

"是有这样的人,却也不能一概而论!不过,现在人性里的美流失得真够惨重!有的甚至美丑颠倒或是非不分;有的明知道美丑、是非,为了一己之利也装糊涂。"

"要不您的作品写得那么厚重!不像我,天天生活在自己的心情里,除此之外对政治、对身外的社会没有过多的关心。"

"也好,这样你能保持美好的心境和清秀的语言。你的文字很美,可看到的阴暗面太多了,看世界的视角就会变,自然而然会带到文字里。"

艾静感觉眼前这个人很有趣。她对政界的人士一般都是敬而远之的,在她的感觉里他们总是板着一副面孔,说着千篇一律的大话、假话、空话,通常把真实的自己藏得很深。艾静喜欢和真诚善良的普通人打交道,少了利害冲突,也少了假惺惺的伪装与筑起的堤防。

"你知道眼前这棵树叫什么吗?"韵桐把话题从沉重里拖了出来。

"它的花是淡粉色的,针状花瓣,是不是叫樱花呀?"

"No,"韵桐摘下一片羽状的叶片说,"你看它的叶片是合起来的,而白天却是张开的。咱们聪明的古人,叫它合欢树!"

"合欢?"

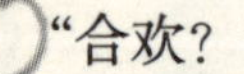

“是！这是一种自我保护的方式！瞧，自然界里的生物进化得这么天衣无缝。人也是这样呀！我给你讲一个传说吧。在日本神话《古事记》里就有这样一段描写：伊邪那岐与伊邪那美男女二神，他们下凡后，看到一对情鸽亲嘴他们即亲嘴，看到一对雀鸟在交配，他们便激动起来。那岐问那美，你的身体怎么样？那美女神说，我的身体逐渐完整了，只有一处没有闭合。那岐就说，我的身体有个多余的地方，那么就献给你吧！那美同意了，这对神自然地合二为一，生下了日本诸岛和万物树木。传说归传说，自然界的造化真的很奇妙，人们解释不清时，往往会归于神的造化。”

艾静望着韵桐，感觉他与自己想象的许多政界的人不太一样。

“台阶太潮了，小心着凉！”说着韵桐向艾静伸出手，想把她拽起来。

韵桐的手虽然不似干惯了重活的人那样宽厚粗糙，却很有力。艾静被眼前他的细心打动了，同时一种亲近感也跨越了对他们那个阶层敬畏与疏离的鸿沟。

“这里，以后几年里我不会再来了！”

“为什么？你不再写作了？”艾静歪起头好奇地打量着他，心里着实为他辍笔而感到可惜。

“几天后，我要去西部支边，再见面要等两年后了！”

“那可是一种难得的人生体验。”

“可不！只是刚与你有些熟络就分手了，那我祝你总能进步吧！”

“我不会忘了您的故事，还有您的合欢树叶！”艾静说着把手里拿的叶片在韵桐面前晃了晃。

韵桐拿出一本书说：“这书很好，我都读两遍了，有空你可一读！”借着微弱的灯光，艾静看到那是阎真的《沧浪之水》。

“好，回去我一定好好读一读！您回城时再完璧归赵，不对，是——归苗！”

两人都笑了。天色已晚，文友们纷纷向院外走去。

韵桐问艾静：“你住在学校吗？”

看到艾静满脸的疑惑，韵桐解释说：“我是说，现在有许多大学生喜欢在外面租房子住，想有一个自主而独立的空间，你没有吗？”

“没！”艾静想到俊雄租住的小屋，她一个星期只是去那个小屋几次，与俊雄幽会，其他时间她还是住在学生宿舍里。

“要不要我送你？”

“谢谢，不必了！”俊雄若看到她被一个大自己这么多的男人相送，还不定会怎样奚落、挖苦她！俊雄愿意自己的对手威猛强悍、智勇超人，若不如他，他不但不会应战，还会怀疑女友的品位。他以前交过一个女友，就因看到一个男生和她亲密地走在一起，那个男生看上去很一般，俊雄便走上去对他说：“同学，这位女生我当礼物送你了！”当时即把那个女孩气得直哭。

艾静拒绝了韵桐的好意，她不愿俊雄对她产生误解。她爱着俊雄。

Chapter 39

回到学校后，艾静失眠了。她每翻动一下身子，都能听到下铺兰梅的“嘘”声。好像是对她的打探，又像是祝福抑或不安。

“干吗不睡？”

艾静发短信给兰梅。

“这话应该是我问你的，干吗不睡你？”

兰梅回复。

“我习惯了！你啥时也多了这种不良习惯？讲！”

艾静刚把信息发过去，兰梅就按捺不住，往艾静床上爬。艾静吃吃地笑着，把身子往里面挪。

借着手电筒的光亮，兰梅看到艾静枕边反扣着的《沧浪之水》。扉页上写有签字笔刚劲的字体，大有龙飞凤舞之势：

沧浪之水清兮，可以濯我缨；沧浪之水浊兮，可以濯我足。

“沧浪之水是比喻天下的整体局势。‘水清’是比喻太平盛世，‘水浊’是比喻动乱之时。缨是帽子上的缨络，指代帽子。古代男子的帽子是地位的象

征，所以'濯我缨'当然就是比喻做官封爵，参与政事。而与之相对的，'濯我足'就是指保全自身，不问世事了。整句话的意思合起来就是，当水清澈的时候，就用来洗帽子，洗衣服。当水浑浊的时候，就只能用来洗脚。这是生活常识，也是做人处事的道理。我的理解没错吧？"兰梅思忖着说。

虽然她们谈话的声音很小，还是吵到了室友。

"你们别说话了，自觉一些好不好？"有人不客气地小声抗议。

"走，咱们到外面去说！"兰梅说完，起身向床下爬。

刚出宿舍，兰梅就憋不住问："写在书上的字好帅耶！是位男士吧？"

"那又怎么了？"艾静感到好笑，再想想，感觉这也没有什么好笑的，不就是一本书嘛！

"有新故事了？爱情在文人间，通常是从借书开始的！"

"晕！"

"还倒塌呢，说吧！"

看兰梅在那里直撇嘴巴，艾静便说："我呀，看你倒像是个有了故事的人，你是不是最近有事没和我汇报？"

"我的事可非同一般，咱们交换一下吧。得你先说！"兰梅卖起了关子。

"我能有什么，一个俊雄就把我折腾得够受的了！我哪还有别的闲心？"

"别提你的俊雄了！"兰梅撇了撇嘴，"就他，多情的种子，他能给你多少希望？"

"乌鸦嘴，何以见得？"艾静噘起嘴，这个兰梅对她从来都是一副"哪壶不开提哪壶"的态度。她凑近兰梅说："一个没有希望并意识到没有希望的人，就不会再属于未来了，我才不呢！"

在一份爱情中，艾静有着很深的传统观念，她觉得和俊雄在一起，一定是上天安排好的。她已是他的女人了，他也是上天送给她的男人。

俊雄有一幅名为《静》的画作，在全国大学生美术作品展中得了金奖。

那是一个穿着淡青色针织羊毛衫的女孩，一只手臂搭在一株梅的树干上，另一只手臂托着下巴，一双灵秀的眼睛望着远方，乌黑的长发顺着身体披散下来，传神中透着飘逸。

这是一幅人物特写的工笔画。树干粗糙的脉络，绽放的红梅在寒风中傲然而又娇媚的姿态，女孩身上穿的针织羊毛衫的针脚，衣服随身体自然拉动的皱褶，每一根头发的垂度及光泽，白皙的脸上细微的茸毛及长睫毛下眼睛里隐隐映照出默林雪野的淡影，让每一个看到她的人，不管他内心有多么狂妄、多么躁动、多么冷漠，都会产生视觉上的冲击力。她清纯得仿佛没有被世俗浸染过。

《静》的原型即是艾静。俊雄曾对艾静说："我对你的领悟和情感，全绘进了这幅作品里。是我送你的，也是送给我自己的。我若不珍惜，算我的眼睛白长了。"俊雄如此懂她，艾静没有理由不给他一个希望。

"那个送你书的男人，他怎么样？"兰梅还想从艾静这里挖出些什么。

"什么怎么样，你好无聊呀，他不过是一个老男人！"

"老男人才有味道，也许不能给你性满足，但绝对能给你心灵上的抚慰！"

艾静给了兰梅一拳。

兰梅就势撒起娇来，捂着肩膀说："你这人最没劲了，我又不跟你争，又不跟你抢，只不过想分享一下，你都这么吝啬！"

"我的性格你也知道，守着一个男人就能过一辈子？"

一丝伤感从兰梅的脸上掠过去，声音也低沉起来："你知道，时光真像抹了油似的，一滑而过。就像我们的大学，再过几个月就毕业了，当年刚接到录取通知书时的情景却还在眼前。我们的青春也是，若不好好抓住，一晃就属于我们的学弟学妹们了。而男人，多尝他几个又有何妨？凭咱们这些弱女子，要背景没背景的，什么时候能出头呀！所以我告诉你，你就当男人都是给咱们'用'的！说了半天，你还没告诉我，哪个男人又给你'大补'了？"

"切，你好没劲！"

有一阵阵的脚步声传来，兰梅放低了声音："是以其人之道还治其人之身。我最近得到了一份进出口公司文秘的工作。不过，现在还是兼职，等毕业了我就会被转正！”

“小心别让男人给你补过了，会让你急火攻心，七窍出血！”一向文静的艾静，也撒起野来，好像兰梅的洗脑起了反作用。

“不会，他有把柄在我手里！你知道要和男人在一起，一定要抓住他点什么，以备反攻！”

“天哪，我都怕你了！”艾静惊恐地睁大了眼睛，却把兰梅给逗乐了。

“小样儿的，怎么会？对咱真诚的人，咱也给予对方真诚，这是做人之本。只是，这并不证明不在心里设防。保护自己，永远没错；反之，也许才会身陷囹圄！”

脚步声越来越近了。兰梅这才住了口。

等那人走远后，兰梅说：“我和公司老总上床时，提前让人在房间里安装了针孔摄像头，过程都录了下来。那天，我和另一个女生和他一起，把他灌醉了，我提议去提前准备好的那个地方，才录下了整个过程……”

艾静不敢相信自己的耳朵。兰梅怎么变成这个样子了，她还是自己认识的兰梅吗？

“你干吗用这种眼神看我？咱们这些没有任何人保护的小女子，被折磨得吐血，到时连哭的地方都没有！”

“那你，还相信爱情吗？”

“当然相信，但那是可遇不可求的！男人大多靠不住，就像洋葱头一样，一层层剥，一层层展开，每撕开一层，他们的人性里存在的丑陋，都会让我们感到扎眼。”

艾静打了个大大的哈欠，她的大脑已塞不进兰梅灌输给她的那些乱七八糟的东西。

返回寝室时，艾静想起韵桐借给她的那本书。她曾粗略地翻了翻，那里面好像讲的是在权力与金钱支配下被扭曲的人性。世界变了，道理也换了一种讲法。得到了就是胜利者，而且是最后的胜利者，时间后面并没有什么在等待。当时就是永久，自我就是终极，一切价值、信仰和精神支柱好像在作者笔下芸芸众生的蝇营狗苟中，被无情地抽空。而兰梅的一番话，更让她感到了一种恐惧。若现实真是这个样子，她又怎么能拒绝得了？还是逃进温暖的爱情里吧，编织着只属于自己的梦！

艾静长舒了一口气，《沧浪之水》她不会再读了。她与苗韵桐的关系，也是从这时埋下了一个伏笔。

Chapter 40

午夜一点的电话响起的时候是在三年前，田野正在他南方的家里。那一夜，他也许在搂着自己的妻子呢。

艾静的手机响了。电话那头的男人，好像喝多了酒，语无伦次得让艾静有些莫名其妙。睡意朦胧中，艾静想了半天，也想不出那边的人是谁。

“还好，你，你没换手机号——”

“哪位呀？”艾静狐疑地问。

“我——是苗——苗韵桐，你是艾静吧？”

艾静的心，不觉扑通扑通地狂跳起来。她不敢相信自己的耳朵，几年中他再没与她联系过。她好像也忘记有这么一个人了。月光的合欢树下，他的身影渐渐地清晰起来。

她扭亮了台灯，已是午夜一点。她有些疑惑，他怎么了？这深更半夜的来电话，没出什么事吧？

“我刚从一个饭局里出来。心，很烦，翻了半天电话，看见了你。我没打扰你吧？”

“还好！只是挺惊讶的，想不到会是你！”

“怎么会不是我呢？”苗韵桐接过艾静的话。

“我不是那个意思！”

“一群酒囊饭袋，一群假面具的群英会。我醉得不轻，刚才还吐了！现在，却很想找个人说说话！”

“天这么晚，您干吗不回家？”

“闷死了！家就是个墓穴，我不想钻进去！你还好吗？”

苗韵桐的话吓了艾静一跳。他们连朋友都说不上，他却跟她说这些私密的话，跟两年前的他判若两人。

“真他妈的，真烦！烦！”

“你不去就是了！干吗还——”

“哪个圈子都有它的游戏规则！有时容不得你选择！像这种圈子，如果还有良知的话，没有谁会真正喜欢，不就为了一个‘权’字和这个字之下的利益嘛！否则——”

韵桐的声音顿住了。与此同时，电话里传来“你是怎么走路的，找死呀”的骂声。其后，是韵桐的声音。

长长的一段时间里，那边的电话都没挂断，也没有再和她说什么，只有一声声不太具体的嘈杂隐隐透过来。后来，是嘟嘟的断线声。艾静再按来电显示拨过去，电话里传出“您拨打的用户忙”的提示音。

艾静有些不放心韵桐。不知他那边发生了什么事。他刚才的一番话，让她想起阎真的《沧浪之水》，她感觉自己似乎有些懂他了。作家韩寒曾说过，什么圈都是花圈，什么坛都是祭坛。当时艾静觉得这话说得有些过激，不过此时想起来，却有几分道理。

Chapter 41

第二天,艾静醒得比较晚。午夜一点苗韵桐打来的电话,让她想起来时,感觉还有些不太真实。

电话那边发生了什么呢?苗韵桐不会出什么事吧?这么想着,艾静犹豫了一下,还是拨通了他的电话。

"昨夜你没事吧? "电话拨通后,艾静关切地问。

"你是谁呀?"他的声音是例行公事式的,生硬得没有一点温度。艾静开始还以为自己打错了,是按昨夜的来电号码回拨过去的,怎么会错?

艾静迟疑了片刻,一种莫名的委屈爬上心头。既然电话已经拨通,她不想像是自己犯了什么错似的把电话挂掉,便说:"我是艾静,你没事就好! "

"我正忙着,回头我再打电话给你吧! 就这样了! "还没等艾静说什么,电话就被挂断了。

"不可理喻,"艾静恼火地骂着,"我不该你不欠你,又不是你的一个什么下属,也无求于你,你有什么理由这样对我? 什么人呀! "

少顷,手机响了。艾静一看来电显示,是苗韵桐打来的。艾静任手机响着,她不想再理他了! 但手机仍执著地响着,好像她不接,它就会这么一直响下去。艾静叹了一口气,心有些软。去接电话,想知道他还会对她说些什么。

"对不起! 刚才满屋子的人,我不好跟你说话,请你原谅! "苗韵桐像换了一个人似的,声音中透着请求谅解的亲切和温柔。

艾静沉默了一会儿，她想象不出同一个人，在不到两分钟的时间里，说话的态度会有天壤之别，像高原上的天气或像川剧里经典的“变脸”。现实生活中的人，这样变脸，是一件让人生畏的事，因为你不知道他的哪重脸、哪种声音、哪种表情是真实的。艾静感到胸口被重物死死地压住了，透不过气来。

“你还生气呀？哪天我向你赔罪！哦，对了，昨夜，我喝醉了。只知道给你拨了一个电话，可电话里跟你说了什么都记不清了。差一点撞在一辆汽车上，被对方骂了半天，酒才醒了！”

看艾静还在沉默，韵桐又说：“谢谢你的关心！今晚你若没事咱们出来坐坐好吗？一来几年没见了，我们叙叙旧，二来我得向你赔罪。不过我现在不能确定晚上是否有时间，怕有难以抽身的应酬。你等我的电话，好吗？”

挂断电话的那一刻，艾静把手机关机了。她气愤起来，凭什么呀我，我凭什么要关掉自己的手机，就为躲避和拒绝他的邀请？她又把手机打开了，而且她下了决心，他若邀她，她一定赴约，她倒想看看他到底现在是一副什么嘴脸！

她与苗韵桐的关系，就是以这种不很快乐的方式开始的。

Chapter 42

从医院回到家时，天已经黑了。

已到了晚饭时间，林阿姨没像往常那样在家做饭。靠窗的位置，一个大鱼缸赫然横在艾静的眼里，有一些叫不上名字的观赏鱼在水草间游弋，想必是田野把它搬来的。

艾静走向吧台，看到柜里除了蓝山、巴西、摩卡几种咖啡外，又多了两种意大利咖啡和哥伦比亚咖啡。这一定是田野摔了许多杯杯罐罐后，又给艾静新买的。

艾静打开咖啡壶，把已加工过的哥伦比亚咖啡放到里面煮。法国人对这种咖啡的描述很有趣，他们说它浓黑如恶魔、滚烫如地狱、清纯似天使、美妙如爱情。咖啡浓郁的苦香，在屋里弥漫开时，艾静心里有些发酸。她明白，不善言辞的田野是为那天的事后悔了。加上今天新搬来的水族箱，也一定是想让她开心的。田野除了生意，对小动物和小资的东西没多大兴趣。家里的吧台，还是艾静进入这个家后，他专门为她添置的。

田野为艾静所做的每一件事，艾静都能感受到，她不是个没心没肺的人，只是她总感觉自己是这个家的“外人”。她的心情还在别处。可是，又在哪儿呢？艾静自己也说不清楚。

两年前在她的强烈要求下，田野也曾安排她到朋友的公司里做过一段时间的企划，又因她对那份工作的生疏及复杂的人际关系，被田野叫回了家中。有我吃的，就有你的！田野的话让艾静感动了。每年田野还拿出几万块钱，让艾静寄给老家的父母。父母只知道艾静在城市里做着一份不错的工作，至于具体细节却一无所知。

从来都是报喜不报忧的艾静，也不想让他们知晓，若知道她被别人包养着，或用更粗俗的话说是当别人的“二奶”，老实巴交的他们，准会觉得她把他们的老脸丢尽了，非疯掉不可。他们很为艾静的婚事操心，这是件大事，尤其是在他们那种小地方，儿女的婚事是含糊不得的，不像在大都市，儿女结不结婚由不得父母。为此，艾静总是用工作太忙来不及考虑，或还没有合适的对象，来搪塞父母。父母虽然干着急，却也奈何不了她。

“你在家呀？我还想给你打电话问你吃什么呢！”林阿姨的高嗓门响起时，艾静才发现林阿姨回来了。她手里除了提着几袋水果，没有像以前那样每天拎着大包小包的东西。

她果然穿着浅黄色的防寒服。那还是在前年的冬天，艾静看她天天穿着一件过时的大棉袄，便背着田野给她买了这件防寒服。

“小静——”

林阿姨叫了一声又停住了，好像不知怎么把下面的话说出口似的。艾静回过头来望着她，想从她那张布满皱纹且缺乏保养的脸上读出些什么。

“小静，一会儿——”她的眼睛从艾静脸上移开了，“一会儿阿秀要来，小田去车站接了。听小田说，她乳房上长了个东西，也不知是好的还是坏的。”

艾静端起咖啡喝了一口，许是急了些，许是过热，她咳嗽起来。林阿姨马上走过来，为艾静捶背。

“没事吧，小静？”林阿姨关切地问。

艾静总感觉在她关切的背后，好像隐藏着什么东西。莫非是自己心里有鬼，便觉得人家的好意里也装着鬼？为了安慰自己，艾静多拿了两块方糖放进咖啡杯里，她不想让自己苦上加苦。走向自己的卧室时，林阿姨在她身后说：“对了，小田说等他们回来，咱们到大亚渔村吃海鲜！”

Chapter 43

艾静住进这个家以后,阿秀曾来过一次。阿秀是田野的妻子。艾静一想起她,心情就变得极其复杂。

三年前阿秀第一次来,艾静知道消息后立即收拾了自己的行装。当她拖着皮箱想从这个家离开时,正遇上回家拿文件的田野。

“你不能走,”田野一把拖住艾静,夺下她手里的东西说,“我已告诉她了,说你是我的干女儿!她人挺老实的,有我在,她不会对你不敬,你大可放心!”

“你设身处地地为我想一想,你们两口子团聚,我夹在当中,算什么呢?”眼泪从艾静眼里涌出。在同一个屋檐下,两女一男共处的场面,让她想起来都无法接受。

田野把艾静搂到怀里,抚摸着她的脸颊说:“宝贝儿,我知道你心里苦。只是,你干吗从来不要求嫁给我?如果你愿意,我可以给她一笔钱,让她走人!可是,你干吗不要求呢?有时我说娶你,你也不搭腔。我知道,你年轻漂亮,又是大学生,我不过是个小生意人,虽然脑子好使却没有多少文化,我配不上你。只要能在这个家里看到你,我就感到满足了。想到你没名没分的,我又觉得挺委屈你的,欠你的太多了!”

嫁给他?这问题艾静从没想过。兰梅也劝过艾静,嫁什么嫁呀,吃他喝他,然后捞一笔能让自己后半生无忧无虑生活的钱就走人!艾静从没这样想过,她不是这种无情无义的人。然而,嫁给一个自己不爱的、无法进行心灵沟通的人,这后半生的日子,她不知道要怎么过下去!

“好吧，那我不走了！”虽然很勉强，但艾静还是答应了他，毕竟真的离开这里，她又能去哪儿呢？

田野用舌尖轻轻舔着艾静眼窝里的泪，说：“乖乖，这就对了。有我在，你永远是这个家里的公主，我宠你还来不及呢！”

田野以前曾描绘过阿秀的性情，阿秀真的出现在艾静面前时，艾静的内心还是难以平静。她望着眼前这位年近五十岁的女人，她有着典型的南方人的特点，眉骨及颧骨像丘陵一样突出来，使不大的眼睛有沉在盆地里的感觉。厚厚的双唇下，见不到多少下巴。矮小得像一个十三四岁的孩子，腰却像农家院里的水缸一样粗。

阿秀看到艾静后也是一愣，她被眼前这个高挑的姑娘惊住了。尤其是艾静的眼睛，多像海水里捞出的珠子，她的脸更像是装珠子的手饰盒，精致中带着清雅娇媚。看她一眼后，还有想看第二眼的欲望，那一刻，她倒觉得自己像这个房里的外人了，浑身不自然、不自在。若不是林阿姨招呼她到客厅里坐，她不知会在门口站多久。

坐下后许久，阿秀还在那里圆睁着没有见过多少世面的眼睛，毫不隐讳地审视着艾静。为了打破僵局，田野从阿秀随身带的包袱里掏出槟榔、芒果之类的水果，交给林阿姨加工后来吃。

田野的话让艾静感到些许安慰，这种场面却还是使她感到尴尬。

电影、小说里或实际生活中，许多婚外情及二奶们被原配撞见时厮打吵架的场面，虽然在这个家里没有发生，而弥漫在三个人之间的种种恩怨纠葛的情绪，还是扑朔迷离地让在场的每一个人都感到不舒服。

阿秀再没有见过世面，也不会不知道眼前的女孩子决不是田野的什么干女儿，那不过是让三个人能和平相处的借口，或是给她这个丑陋的糟糠之妻的面子。

阿秀望向落地窗外，阳台上，有许多洗后的衣服还挂在那儿。有几件香奈儿内衣，在那一堆衣服里无论从色泽还是款式都很抢眼，暧昧而又无声地诉说着它的主人在这个家里的特殊身份。

敏感的艾静也捕捉到了这一细节。这些东西都能给人丰富的联想，她很后悔没把它们收起来。

林阿姨把切好的水果放到桌上，解围似的说："瞧我，外面的衣服都干透了，我却忘了收。过一会儿咱们就开饭，你们再坐一会儿！"说着在围裙上把手擦了擦，走向阳台。

艾静真想把自己像蚌贝一样闭合起来，让人想走进去，都摸不到入口。只是，她不是蚌贝。

Chapter 44

就在阿秀初次到来的那天夜里，艾静失眠了。

如厕时，她听到从田野夫妇居住的屋里有女人的哭泣声，随即是一声男人沉闷的低吼，是用家乡话说的，艾静听不懂。从语气上，她知道是对那个女人的呵斥。

接下来，席梦丝床垫发出“咯吱吱、咯吱吱”低沉而有力的呻吟。艾静似乎看到田野正赤条条地把身体覆盖在那个瘦小而日渐老去的女人身上。女人的哭声更汹涌了，好像挑破了箱盖却无法逃出的小兽，由于撕扯和冲撞更显压抑和痛楚，让人不忍去听。

席梦丝床垫“咯吱吱、咯吱吱”辗轧的声音，并没有因为女人的痛哭而停下来。随着“啊——啊——”的两声动物般的低吼，男人安静下来，而女人的抽泣声在房里更显得乖张和委屈。

男人又用家乡话咕哝了几句，而后是翻身下床的声音，继而拖鞋与木地板的磨擦声传来。艾静赶紧退回屋里，倚着门框，腿软得好像难以支撑住身体。她感觉自己像一个变态的偷窥者。

有人推门。没有任何防备的艾静趔趄了一下。田野也愣了，旋即不容分说地便把她裹进怀里。

艾静挣扎起来，想从他怀里挣开。由于搂得太紧，她出了一身的汗。

“心肝儿，委屈你了！”田野说着就把嘴往艾静脸上拱，手摸向她睡衣的里面。

“她会看到的！别，别这样！”艾静一边把脸扭向别处，一边拒绝他。

“那就让她看好了，她敢动你一根指头，我就和她离！”田野仍没有停下来。

“干爹，你不在乎她，也应该在乎我的感觉吧！”

听艾静这么一叫，田野赶紧用嘴堵在艾静嘴上，手放了下来。看她不再出声，叹了口气，用手在艾静的脸蛋上轻轻拍了拍说：“知道我有多在乎你吗？”

他拉起艾静的手放到自己的胸脯上：“这里面装的都是你！生意场上有许多吃喝玩乐的场合，但我从来都是在那里喝茶、听歌或看碟。那些女孩子好小，有的也就十八九岁，她们有时好几个来拉我，我都推脱说自己太累，不想！公司里的小职员，为了得到我的赏识投怀送抱的也不止一个，我一概置之不理！”

“走吧！求你！”艾静说着，把田野推出门外，将门在里面反锁上。她找出三粒舒乐安定吃了。田野从不让艾静房里放过多的安眠药，她曾有过的经历，让他放心不下。

还是阿秀初次来的第二天早上，艾静起得很晚。

外面的厅堂里，放着《戏说乾隆》的电视剧，这种闹剧是艾静最烦的。调台时，若看到类似的节目，艾静总会像吃米饭吃出沙子一样把它们扔掉。没有好看的节目，她宁可呆呆地望着屋顶出神，也不看这类节目。

想必是阿秀在看。因为，厨房里还传出林阿姨鼓捣出的锅碗瓢盆交响曲。没有田野的任何声响，他一定是去公司打理像自己的生命一样重要的生意了。

镜前，她打量着自己。许是没睡好，眼睛里像是坠了不堪的经历似的，倦怠而黯然；多日没修剪过的头发已垂到丰满而上翘的臀上，像无心打理的牧草，在背后无序地疯长。母亲曾说过，头发是心上长的草，心情是什么样子，头发就是什么样子。

一阵感伤像冷水一样漫上来。她感到了恶心，不是发自胃部的那种，而是来自心底的。艾静不想再看到自己，便把眼睛移开了。

正是初夏，艾静穿着一件抹袖的长至膝部的白色丝裙。当她出现在厅堂时，一下子把阿秀吸引住了。那双嵌于盆地里木讷而呆滞的眼睛，如果不是偶尔转动一下，你会觉得那是一件出自业余工匠手里无比拙劣的木雕。

“干妈起得好早呀？”为了打破尴尬的局面，艾静礼貌地向她问候。说时，她心里还骂了自己一句，好虚伪呀！

好久，阿秀像想起什么似的对艾静点点头。她依旧面无表情，眼睛忘了要从艾静身上拿开，仍然盯着她看。

“小静起来了，快吃早点吧，要不午饭又误了！”林阿姨端着一杯牛奶和一份三明治出来解围了，“咱们北方饭阿秀吃不惯，我到超市看看有没有南方菜，你们呆着，我去去就回。”说着，林阿姨解下腰上的围裙出去了。

艾静不愿林阿姨走开，把这么难以面对的局面扔给她们。林阿姨是个精明人，她知道应该什么时候留下，更知道什么时候离开。

食欲不好的艾静，却把眼前的东西都吞下去了。在她往自己房里走时，阿秀把她叫住了。她的南方普通话说得很糟，但艾静还是能听懂。

她说：“小妹，咱们说说话吧！”

这下，艾静不好走开了。又能说些什么呢？她，她们。她心里敲起了小鼓。坐在靠窗的沙发上。无数想象在艾静脑海里翻腾着，杂乱无章。

沉默了许久，阿秀终于开口了：“我是乡下人，没上过学。就是现在我们那里的女孩子能上学的也不多，家穷，供不起，做父母的也觉得女孩子上学没啥用！”

艾静默默地望着眼前这个女人，静听下文。

阿秀却止住了话头。与此同时，沉默却像一匹黑布在屋里慢慢拉开，让人倍感压抑和沉闷。

阿秀又开口了：“我家，在那一方，算得上富户了！盖着三层小楼，我也把水田租了出去，除自家种些蔬菜，也不用下田。你知道，我比阿野要大五岁，我现在都五十了。我们那里的男人找婆姨，一般都爱找大些的，疼人，又会干活！和你们城里人不同，我们那里下田、割草、喂水牛的活，都是女人干的，男人除了盖屋子，大多是贪玩的。阿野跟他们不一样，像他的名字一样，他心野，愿意做事，他做到现在也不容易。他是为一家老小才出来拼命做事的！”

阿秀低着头，也不看艾静，边说边捋着衣襟上一处被压出痕迹的皱褶，不熨烫那处皱褚是不会平整的，可她好像在跟谁较劲，还在不停地捋，不捋好不罢休似的。

“您喝点什么吗？”艾静站起身，想缓解一下横亘在两人间沉闷的空气。她给她倒了杯果汁，给自己冲了杯没有放糖的巴西黑咖啡，抿了一口不觉皱了下眉头。太浓太苦，不得不把杯子重又放下，她实在无法吞咽。

意想不到的事发生了，阿秀“扑通”一声双膝跪在艾静面前。当艾静不知所措地抬起头时，看到了阿秀眼中有泪水淌出来，不大的鼻翼不停地扇动着，像是有什么卡在气道里，脸上透着缺氧后的惨白和青紫。

“您这是干什么呀？”艾静急忙伸手去拉她。眼前的老女人却像被吸铁石吸住的铁块，任凭艾静怎么拉拽就是不动。

“求你了！求你别让他和我离婚！我们那里地方小，不像你们城里开放，我们那里的人天天愿意做的事就是说谁谁的家常！那样还让我怎么活？”

“您想到哪儿去了，干爹不是告诉了您我只是他的干女儿吗？”

“什么女儿不女儿的，刚一进门，他看你的眼神就不是父亲对女儿的！我没见过世面，知道的也少，这点我还是懂的。别忘了，我也是女人！”

她哭得更凶了。本来就不好看的脸，被痛苦折磨得更加扭曲和丑陋，让艾静都不敢多看一眼。她抹了一把鼻涕接着说：“你知道，昨天他跟我在一起时，纯粹是在尽老爷们儿的义务，你知道，你知道的！”

她好像难以启齿，但最后，她还是咬咬牙说了：“你知道，他在我身上时，喊的是你的名字！近两年我没有被男人挨过身子了，终于盼到这一刻，他却这样对我，让我怎么受得了？”

艾静的脸一阵发烧，鼻子酸酸的，不知道该怎样去安慰眼前这个女人。她昨夜的痛哭，艾静原以为是长期空房的委屈，现在她懂了，那是她的男人对她更深的伤害，或者是因为她的存在！

她相信田野不是有意那样做的，他不可能没心没肺到当着妻子的面喊所谓的干女儿的名字，一定是在跟她同房时，他将自己身下的阿秀臆想成艾静了。田野曾回过几次老家探亲，他说过对阿秀尽义务时每次都把阿秀当成她，否则，他一点兴致都没有。

“你别让他跟我离婚，求你了！要不，我真没脸活了！”

阿秀的话她懂。她的老家虽在大西北，但情形不比南方好多少。何况阿秀已是个老女人，她只想留住她的家、她的婚姻、她的生活，哪怕这些只是形式而没有任何实质的空壳。除此之外，她的丈夫是否包养其他的女人，她也不在乎了。

“您快起来！坐下说！”

“你不答应，我就一直给你跪着。我看你不像坏人，我也能看出他的心全扑在你身上了，你不答应跟他结婚，他就不会跟我离婚，也不会去找别的女人！我家还有个上大学的儿子。看在我们一家老小的份上。求你！求你了！”

泪水洒满了她那张难看的脸，滴在艾静的裙摆上、裸露的膝盖和手臂上，让艾静看一眼，心就像被针扎了似的疼。

一个结发妻子竟给她丈夫包养的二奶下跪，求她保全自己的婚姻，这种情形艾静从没见过，也没想过。她心里充满了歉疚和羞愧。

“好，好，我答应您了！快起来吧！”她的声音有些哽咽。

女人那双呆板的望着艾静的泪眼中，被疑惑、迷离、感激、无助、幽怨交缠着，艾静感觉若再多看她一眼，自己就会像刚盛过冷饮又倒入热水的玻璃杯一样，顷刻间碎裂。

看艾静再次向她郑重地点头，女人才将信将疑地爬起来。身子好像极度虚弱，晃了一下，艾静赶忙扶住了她。

“您坐了几天火车，一定很累，要不到屋里歇一会儿去？”艾静说着，回到自己屋里。外面有很好的阳光，可她感觉自己的内心潮湿阴霾得毫无生机。

“下午有事吗？我想给你赔罪！”

手机上有短信息。是几周前曾在午夜一点骚扰了她，第二天她打电话过去问候，又冷冷地对她的苗韵桐发来的。那个下午，艾静为了惩罚他而爽约了。

家里若不是笼罩着这样怪异的氛围，她心里压抑了太多五味杂陈的滋味，她才不会答应他呢！她感觉他们远没有生意场上的人可爱，内心装着许多花花肠子，嘴上却都是给人教化的大道理！

生意场上人与人相处得很简单，做什么只考虑自己得到的那一份是否划算。就像田野，他们刚在一起时就曾说过："我救你好像是上天安排好的，我给你很好的生活，你给我美貌、青春活力和干干净净的身体！和别的女人在一起，还担心生病呢！"

曾有过的好感，都被苗韵桐电话里的态度冻伤了。这一次，艾静之所以应他之约，完全和阿秀下跪事件对她的刺激有关，要不她还会再次回绝他。这也是他们第一次正式约会。

Chapter 45

这次阿秀来，和上次的情形已大不相同。有太多的事在艾静与田野之间发生过，抑或说有太多的事在艾静身上发生过。

从渔村回来，他们三人加上林阿姨都没怎么话说。席间也是，各想各的心事，那些价格不菲的菜肴吃到嘴里无滋无味，甚至让艾静觉得反胃。

阿秀这次的情形比上一次更糟。也许是病情破坏了她的心情，也许是恶劣的心情使身体像遭了台风的香蕉园一样满目疮痍。

回家后，林阿姨陪阿秀说了会儿话就回去了。剩下的三个人，阿秀回屋睡觉去了。田野坐在客厅里的沙发上，一根接一根地抽烟。艾静把自己关进屋子，对着电脑发呆。

一段时间以来，似情人一样的电脑被她冷落了。那个名为《情感病人》的长篇，虽然俊伟拿去了，艾静仍不满意，她想再进行修改。现在，她却一点修改的心情都没有。之前，在邮箱里她看到俊伟几天前发来的帖子。俊伟大学毕业后便到了本市一家主流报纸，现在已是首席记者。一个月前，他随友好访问团去了欧洲，他告诉艾静过几天他就要回国了，他给艾静买了全套CD香水系列。上大学时，一瓶CD真我的香水，被兰梅不小心打碎了，艾静心疼了好久。不过也难为俊伟了，还记得她喜欢香水，还记得她喜欢这个牌子。此时，艾静却没有心情摆弄那些香水。

艾静发现田野在她身后站着，她不知道他什么时候来的，呆了有多久。幸亏显示器上显示的是新浪网的新闻首页，没有任何她的私人信息透露给他。

“有事吗？”艾静为他近乎偷偷摸摸出现的方式有些不满。但她还是克制着自己的情绪。

“小静，又让你受委屈了！”田野坐到床边。那天他和艾静吵架摔杯子后，还是头一次这么关切地对艾静说话。有几次，艾静看他好像要跟她说什么，不是她有意地躲开，就是田野欲言又止。

艾静的心软了下来。她总会心软，听不得别人的几句好话，这也许是她一次次在同一块石头上多次绊倒的主要原因。她很容易被别人打动，看不得别人比自己更不幸。

田野走过去把屋门关严了，把艾静拽到床边说：“宝贝，原谅那天我的失态，我太在意你了！我愿意每次打家里的电话时都是你接的，我愿意你在家等我，这样不管我在外面有多辛苦，心里也是快乐的！”

“她的病情怎么样？”艾静不想听他的解释，把话题岔开了。

“在老家看过，当地的医疗水平很低，没瞧出啥名堂。明天，我带她去肿瘤医院看看！”

“她挺可怜的！”

“你净可怜别人了，你不也是么？连个名分也不向我要！”

“她人挺好的，你上有老下有小，能给我现在这样的生活，我还求什么呢？”

“你知道我多愿意你逼我离婚呀，你逼我离婚，说明你爱我！不是有句话说，爱她就给她一个婚姻嘛，你从不向我要！若我和你结婚了，你就永远是我的，我的心也踏实了！”

“做人别太自私！人活着，有时不仅仅是为了自己！”这么说时，艾静感到自己心里很虚。

“嗯！阿秀刚才说有话想对你说！”

“有话？”

“是，她说，如果是良性的就罢了，如果是恶性的——”

“别卖关子了！说吧！”

“我也不知道，她说要等结果下来再说！她现在这个样子，我又不好逼她什么！”田野抱住艾静，舌头像小虫子一样从她颈窝的脉管处一直爬到她的耳朵里，让她有种溺水的感觉。田野顺势把艾静压到身下。

“你又来了，干爹！”话一出口，艾静禁不住也乐了。

田野也笑，掩不住的苦楚在笑容中泛滥着：“你若总这样拒绝我，时间长了我会不行的，你不心疼呀！”

“那也得分时候、分场合吧？”

“我心里的压力挺大的，真需要释放一下！”田野从艾静身上爬下来，手狠狠地朝自己的头上捶了两拳，“有你在，外面的女孩儿我真的一个也看不上眼，更别说干那个了！对了，我向你坦白一件事！”

“说！”

田野望着艾静一板一眼地说：“我说了你可别生气！”

艾静摇了摇头，她想，人之所以生恋人的气，是因为爱！我不爱你，又何气之有！

“咱俩闹别扭那天晚上，一个女下属告诉我公司有急事等我处理，我去了。事情办妥后，她对我说，‘田总我好崇拜你哟！’还没待我缓过神来，那小丫头就抱住我。因为跟你怄着气，我想还不如干脆不回家，做一回薄情寡意的花花公子算了！可到了宾馆，任凭她怎么折腾，我都不行。本想报复你，没想到把我自己给报复了，弄得我现在在那个下属面前都觉得没面子！”

艾静有些心疼起眼前这个男人了。他现在这个样子，跟她有很大的关系。她对他的冷落让他对自己愈发缺乏信心！只是，他们间的共同点实在少得可怜，只是日子久了，心里有了一种难以掐断的类似亲情一样的情分，除此之外她不知还能爱他什么。说到性，艾静感觉他虽然不像风华正劲的俊雄能给她激情澎湃的感觉，但四十五岁的他，给她的感觉也算不错了。她甚至感觉，他要比还不到四十岁的苗韵桐做得好。

“宝贝，今夜等她睡着了我过来，别拒绝我好吗？”

艾静感觉再不能对他说不了！毕竟他给了她第二次生命，给了她舒适的生活，她不能没心。只是，可怜了隔壁屋里他生病的发妻。

Chapter 46

艾静起床时，屋里空空的。她看到床头的《琴起如诉》时，有了想写些什么的冲动。打开邮箱，她写的许多东西都存在那里面。包括那部《情感病人》的长篇，从她得知自己怀孕后，心烦意乱的她再没动过笔。把稿子存在邮箱里，艾静觉得踏实，她的电脑曾染过一种什么病毒，电脑里硬盘存储的文件都不见了。所幸兰梅给她找到懂电脑的同事，搞了大半天，用恢复软件把里面的内容全部恢复了。虽然她所写的东西都是“心灵垃圾”，但她需要为它们找一处堆放或掩埋的场所。

在《天天与你》的文件夹中，有这么一篇心情文字，那是写在几年前的，现在读起来，感觉还是那么沉重。

在吗

手机打开不久，便有短信传来，在吗？你的。我有些后悔昨晚早早地关机了。

昨夜睡得很晚，脑子里像各色人都有的大聚会。纷乱中，我让自己挣脱出来，在旷野中独行。孤独和寂寞像一袭黑色的大氅，将我包紧。

扭亮台灯。几朵开得正旺的玫瑰花在看我，那一刻我相信她是有生命的，她在用每一片花瓣与我交流。那一刻我更相信她已成为了我的朋友。谁说在当今浮躁的功利的俗世，很难交到真正的朋友；谁说你若交朋友就去牵一条狗来！在这无眠的夜里，灯火阑珊之处，玫瑰花好像读透了一颗女人心，用她的寂寞与惊艳来宽慰像她一样在夜里默默开放的花朵。

今晚关机时，错按了键，“静，想疯了”一下子看见了我。它就那样看着我，我能感到自己的心跳在加速，就像我被你望着一样。其实，我愿意呆在一个角落里，不希望被任何人注意，自由自在地做自己喜欢做的事。而被你望时，我总会很害羞，像小女孩一样恨不得躲到大人的身后面，再探出一双眼睛来。

谁说“没饭吃可以乞讨，幸福谁能给予？”那日你的信息，让我幸福得像一个毫无经历的少女，搜索着被我习惯被我宠爱的语言，却发现都不能表达我的内心。“情感停止的地方，产生了诗”，那时你若看见我，所读的就是一首诗，而且，肯定是一首能让你的心潮湿起来的朦胧诗。

有梦的人，心就不会死；不死，在生命的路途上艰难地向前走时，就会有支撑着走下去的信念。

没发给你。怕吓着你。怕你当作了一种数字游戏。怕你讪笑，老大不小了，还犯傻！而傻是什么，是无知，是不明白。通透了些许世事，再犯起傻来，让我感到很暖和。我没有把它发你。在我心中，却无数次发了。我回你昨夜的信息却只是：百念不解思。

这也是韵桐赔罪之聊的几个月后，艾静发给韵桐的文字。

韵桐回复她：

给你

孤寂虽是一条长鞭，不停地抽打在你身上。亲爱的，现在你身边已有了我，我不在你身边时，其实心是一直相陪的呢！

你一定要让自己安静下来，用文思驱逐所有的忧伤与无奈。而心里的那些苦，我也愿你一句一句说给我，与你一同分解与承受。这是我的责任，也是我的幸福！

望着韵桐回复得邮件，艾静觉得韵桐对她知之甚少。有许多深层次的东西，他还没有触摸或还没来得及触摸。

Chapter 47

就在三年前，就在阿秀跪下来求艾静的那天晚上，百感交集的艾静赴了苗韵桐之约。她与苗韵桐的爱恨情怨，也就从那时展开。

当艾静到达咖啡屋时，苗韵桐早已等在那里。烟灰缸里堆积着四五支烟的烟蒂，可以看出他至少等待了吸四五支烟那么长的时间。

看艾静来了，韵桐的脸上露出欣慰的笑意。

“还是头一次约你，以这样的方式，这样的理由！”他摇了摇头，好像在哀叹什么。看上去，他的脸红光满面，眼睛也很有光彩。也许是他在西部工作几年回来后既被提升，或饭局过多营养过剩的缘故，与他们文学沙龙聊天的那个夜晚变化不小。

艾静环顾四周，他们坐在一处靠墙的角落，有精美图案的磨砂玻璃在一米多高的木制包厢上方环绕，到一个成年男人的胸口那么高。磨砂玻璃上方没有封住，如果有谁在里面活动，服务生可以隐约忘见，它给了相聊者形成既私密又不会让你太出格的空间。墙上挂着一个睡意朦胧的西方美女头部特写，金色的浪花似的头发流泻了她脸以外的所有空间，让望见她的聊客，心胸一下子温柔随性起来。

和兰梅聊天时，艾静喜欢选在临窗的位置，那里布局是半开放式的，既可以有一搭没一搭地眺望窗外的街景，又可有一搭没一搭地观看来这里聊天的各色人等。

“干吗选这样一个极具私密性的地方？我们还没有熟络到要选这样一个地方呀！”艾静问苗韵桐。

“对不起，我先向你赔罪了！你知道我们那种工作的性质，不用你说什么，都有人在盯着你的一举一动，何况说什么呢！”

艾静眯起眼睛，淡淡地看着对面的男人，有一种不屑从心底升起。由于内心的善良，她尽量不让眼睛出卖内心的真实想法。

“官场上的人都是猴精！”韵桐打开了话匣子，艾静也不干扰他，一任他往下说，“官场上的人精到从你接电话的神情及语气，就能猜到你在跟什么样的人说话。你看过葛优主演的《手机》吧？他接电话时的‘嗯’、‘啊’、‘哎’、‘是’、‘啧啧’等都是从生活中总结出来的。尤其在官场上，一个举动、一个眼神、一种语气，都很微妙。似走在你无法绕开的薄冰上，也许一不小心就会掉进冰冷刺骨的冰窟窿中！又像走在刀刃上，明知道是怎么回事，你还得在上面走，被伤着也是经常的，还不能让别人知道。毕竟要生活下去，而且要生活得好，不为自己也为家人吧！我父母生了六个孩子，我是家里的老四。虽然都在本市，他们混得都不好，失业的失业，下岗的下岗。我岳母家那边也是，虽然有两个女孩，但父母身体不好，而且我妻子的妹妹还是弱智，生活都不能自理！这两个家，其实都靠我撑着。我撑得住，他们找工作、孩子上学、老人就医就有着落；我若趴下，两个大家庭就什么都完了……那一夜，我喝多了……”

听过他的一番话，艾静再看眼前这个男人时，好像换了一双眼睛。来时，她还铁了心地不想原谅他，这时却同情起他来了。“那你怎么还有时间写作呢？”“真心想做一件事，就总会有时间的！”“那种工作及家庭状态，怎么还会有写东西的心情？”“正因为是夹缝里的人生，身心承受得太重，被挤压得太扭曲，才想着找一种方式减压或自我平衡！小时候我就对文字有感觉，上小学时作文就在全市获奖了！所以游弋在文字中时，我能得到像早晨把大便排出去的轻松与快感！”

他挺不容易的！艾静想。艾静总会替别人想，每当这时她会把自己的烦恼忘了，为别人担忧。他为什么选这样一处较私密的空间，艾静懂了，在如此敏感的位置和工作环境，自我保护是时时刻刻都应注意的事。

“你和现在的许多女孩儿都不一样！真的！”

他好像已不是第一次说了。那个月朗星稀的文学沙龙之夜，他也说过。这话俊雄也曾不止一次地对她说过。

“我太傻！”

“不，是太纯、太善、太真，太相信别人！我在西部工作的几年里，寂寞时总会想起你！只是从没有向你表达过。说说你吧，你现在在哪儿工作，生活得好吗？”

他的问题像锥子一样刺到艾静的痛处，她的眼神黯淡下来。桌上有一处酒渍，她拿起纸巾去擦，不住地擦，最后已成了一种下意识的机械动作。韵桐按住艾静的手，望着她，眼睛里充满不安。

艾静抽回手，有一种曾经沧海的感觉像涟漪一样从她的脸上拂过。怕被看穿似的，迅即又把头埋下，又拿过一页纸巾，把它撕成条状，然后捻成细细长长的纸绳子。

“不幸福？是不？”

艾静仍不说话。桌上已被她捻了好几条纸绳了。她把所有捻好的纸绳合起来一起撮，撮成了一条较粗的绳子。然后两手揪着纸绳的两端，使劲拽，没有拽开。手指上却被勒出了一条红色的印痕。

韵桐把纸绳拿过来，不费吹灰之力就把它拽成两截！好像在说，无论女人怎么反抗，这个世界都是男人的，就因为我们有力量！

艾静的眼睛湿了。好像为自己的劳动被人完全否定，不能接受那种挫败；又好像心中有许多苦楚，无以言说。

“以后慢慢跟我说，高兴或不高兴，都跟我说，好吗？”说着。他替艾静的杯里倒了杯俄罗斯红茶。红茶里加过白兰地和草莓酱，泛着甜味的酒香升腾开来。

Chapter 48

韵桐给艾静讲了两则佛家故事：

之一

从前有个书生，和未婚妻约好在某年某月某日结婚。可到那一天，未婚妻却嫁给了别人。书生受此打击，一病不起。这时，路过一位游方僧人从怀里摸出一面镜子让书生看。

书生看到茫茫大海，一名遇害的女子一丝不挂地躺在海滩上。路过一人，看一眼，摇摇头，走了。又路过一人，将衣服脱下，给女尸盖上，走了。再路过一人，过去，挖个坑，小心翼翼地把尸体掩埋了。

僧人解释道："那具海滩上的女尸，就是你未婚妻的前世。你是第二个路过的人，曾给过她一件衣服。她今生和你相恋，只为还你一份情。但是她最终要报答一生一世的人，是最后那个把她掩埋的人，那人就是他现在的丈夫。"

书生大悟。

之二

书生拿着书在打瞌睡。

欣赏他的人说："你瞧，他多用功，睡着了还拿着书。"

不欣赏他的人说:“你瞧,他多懒惰,一看书就睡。”

道理很明显,你爱他的时候,他的缺点都是优点;你不爱他了,他的优点也成了缺点。

和一个人牵手的时候,总以为会是一生一世的相守。等到隔着太长的一段心路往回望,才惊讶地发现,虽然彼此是那么熟稔地活在彼此的身边,却连相互述说的欲望都没有。

是的,冷眼旁观着,彼此都在不知不觉中成了河川。而河川,永远都只会觉得是对方这座桥在走。

艾静听着,陷入了沉思。因这两则故事,也因猜测韵桐为什么给她讲这两个故事。

“以后慢慢跟我说,高兴或不高兴,都跟我说,好吗?”韵桐说。

先前对他所有的不解和所从事的职业的本能抵触,由于他的一番话,她对他有了一种全新的看法,还混有一种莫名的依恋。艾静现在非常需要这么一个能与自己说心里话的人。否则,走到奈何桥那边去,她又会早早地想了。曾死过的人,就像吸食过鸦片的人,心灰意冷到看不到希望时,才会去找它求得解脱。

自从生命失而复得,艾静对男人的倾心,已从帅、酷、俊逸的外表转移到能给自己一份安全、踏实和心灵的相慰上。若说外形,韵桐可给不了艾静任何感觉,他内心的丰富与深邃及对人生的理解与透悟,却能给她安慰。

至于谁是曾埋过自己的人,至于再冷眼旁观时,彼此在不知不觉中会不会成了河川,她觉得现在还没到想这些问题的时候。

与苗韵桐分手后回到家中,田野从报纸上抬起头来阴沉着脸问她:“去哪了,怎不说一声,打你电话你怎也不回?”

“跟兰梅在一起呢!”

艾静撒谎了。这还是跟田野生活的几年中她第一次撒谎。而且说谎时,她的眼睛也没眨一下，心也没有慌的感觉。

坐在他身边的阿秀望着她。“你别让他跟我离婚，求你了！要不，我真没脸活了！”艾静在与她对视时想起了这句话。

她又想起从咖啡屋出来时，韵桐说：“你先走一步吧，我抽根烟再走。”那一刻，他好像变了一个人，面部的温馨都留在楼上的小包厢里。他又变成了艾静在电话里听到的那个人，冰冷得像是陌路或办公务时遇到的一个陌生人。

艾静的心一下子凉了。他们这种人也许时时需要把自己伪装起来，把自己的真实面孔深深地躲进硬壳后面。有一种藐视，随之在艾静心里升腾起来，先前所产生的好感被扑面而来的风吹得荡然无存。再想到他工作的性质，她对他又理解了。

“韵桐若知道我现在的处境，还会给我多少尊重？”想到这，有一种悲哀在艾静心底泛滥开来。

Chapter 49

"开

往城市边缘开

把车窗都摇下来

用速度换一点痛快　孤单

被热闹的夜赶出来　却无从告白

是你留给我的悲哀

哦爱让我变得看不开

哦爱让我自找伤害

你把我灌醉　你让我流泪

扛下了所有罪　我拼命挽回

你把我灌醉　你让我心碎

爱得收不回"

忧郁颓废到骨子里的《你把我灌醉》，被 CD 里的男生放纵与随性到听众的感同与身受里。握着方向盘的兰梅把车窗放了下来，车速也加快了。冷冷的风霎时无情地一拥而入，车内的温暖霎时被裹挟一空。

副驾驶座位上的艾静把白色的防寒服拉紧了。红色的羊绒围巾则像旗帜似的被风吹得飞扬起来。她没有阻止兰梅，兰梅心里的苦，其实并不比她少。忙忙碌碌的兰梅，一大早来接她，若不是肩膀再难承受什么，也不会这么迫不及待地来找她。

兰梅来时，田野还没陪阿秀去肿瘤医院看病。他们正坐在餐厅里吃早餐。三个人三种口味。艾静吃的是鸡腿汉堡、喝的是妙士酸奶。田野吃的是猪肉云饨外加两个烧饼。阿秀吃的则是她从老家带来的醪糟，只是做粥时在里面加了汤圆和鸡蛋。

兰梅早已不是这个家里的外人，虽不是经常来，除阿秀外，她与他们早都混熟了。

见兰梅来了，林阿姨从厨房里走出来，问兰梅吃了没。艾静也招呼她吃点东西。兰梅笑着摇摇头，田野虽然还像以前那样对她客气，她感到自己好像是"闯入"他私家领地的"入侵者"，目睹了人家不愿展人的私秘生活的一角。他们家的事兰梅没少听，这样一览无余地亲眼目睹，还是让所有人感到尴尬。

尤其是阿秀，低着头，一口口默默地喝着刚出锅不久的粥。她也不怕烫着！兰梅从她的脸上移开，为了避免与几人眼神相遇时的无所适从，她走向水族箱前去看鱼。

艾静把喝了一半的酸奶杯子往桌上一放，不再吃了。由于吃了孕期止吐的药物，她的呕吐症状已基本消失，但食欲仍不好。

兰梅见艾静去屋里更衣，便对田野说："把你们家艾静借给我一天吧？"话一出口，她又后悔了，田野那难看的媳妇听了会作何感想呢？

田野并没有在意，也开玩笑说："可要好借好还哟！"

阿秀仍闷着头，听到这话，筷子间夹着的一枚汤圆掉进碗里，把碗里的汤也溅了出来。林阿姨见状忙去厨房拿抹布。兰梅吐了吐舌头，为自己不小心丢落的一块小石子，在一片不大的湖面上掀起波澜表示着歉意。

"这样一个家，你怎么还能忍受下去？"上车后，兰梅不客气地对艾静说。艾静也不反驳，只是静静地坐在一边，眼睛望着窗外。为让自己靠得更舒服一些，她把椅背又往后放了放。

"猜　最好最坏都猜
你为何离开
也许永远没有答案

对我　你爱得太晚
又走得太快
我的心你不明白
哦爱让我变得看不开
哦爱让我自找伤害”

“看海去？”兰梅说，“大海能带走一切，也能给予一切。”

“算了！你知道——”艾静把肩膀抱紧了。

自从她被救后，对大海总有一种发自心底的抗拒。好像也是对不堪记忆的抗拒，对厌世情结及死亡意识的规避。那里面有太多的东西，现在她不想再拣拾了。“亲爱的，你知道我的心里好乱。为你，也为我，你别介意！那我带你去个能让咱们都舒服的地方！”说着，她把CD的音量扭到了最大。

“你把我灌醉　你让我流泪
扛下了所有罪
我拼命挽回
你把我灌醉　你让我心碎
爱得收不回
我梦到哪里你都在
怎么能忘怀　你那神秘的笑脸
是不是说
放不下你是我活该”

过往的路人及车里的人们，都好奇地望着或躲避着醉了似的疯唱、疯驰的装有两个漂亮女人的红色蓝鸟轿车。

Chapter 50

艾静和兰梅分别躺在床头稍稍抬起的小床上。两名二十岁左右的帅气男生,已把她们的双脚在中药汤中洗过,用干净的白毛巾包起来。

这是一个不大的双人间。门边放着一盆枝叶茂盛婆娑有姿的紫竹,四周的墙壁都是用竹片拼贴起来的。用竹子网成的旗格屋顶上有藤蔓垂下来,一轮吸顶灯,圆圆的像月亮一样从里面透出朦胧的光来。迎面墙上有一台液晶电视,两个藤椅中间有一个不大的竹桌,桌上的瓶里插着一束掩映在情人草中的紫色勿忘我，幽幽的开得正旺，下面隔层的 DVD 机正放着《春江花月夜》的古曲。

艾静和兰梅已不是第一次来这里了。第一次来时,艾静叫了一名女服务生给她做足疗,兰梅则点了一名男生。

“你就不怕吃亏？”当时兰梅戏弄艾静说。

“你请客,我有什么亏可吃呀？”艾静笑着了。

“当然是你吃亏了！”旁边做足疗的女生也附和着兰梅。

她们的意思是:“你叫女生做是非常不划算的！”

兰梅面前的男生说:“这存在着阴阳互补的问题,若男生给你做,他会把女人所缺的阳气传达给你,你在这里等于吃营养品了,女生给你做却没有这种功效。”

“脚丫子被一个小男生那么捧着,我总觉得太欺人了！”

“这是我们的工作,什么欺不欺人的,那你就想多了！若你们不给钱,那才是欺人呢！要是没有客人光顾,我们哪还能谋生活？不管男人女人,在我

们眼里都是客人，都是服务对象！”

基于那次经验，再做足疗时，艾静也叫男生做了。开始时她感到很不适应，脚丫子被捏被按、被揉，时而麻、时而酸、时而痒、时而涨、时而痛，她总会下意识地把脚缩回来。做多了，脚也适应了。若多日不做，那种舒服到家的感觉还会让人怀念。

艾静对足疗的青睐，还缘于一位男服务生按她的足底穴位时，竟告诉了她的病症：失眠和眼睛稍微近视。那天艾静肠胃不舒服，男生也从穴位上摸到并告诉了她。真神！

这里的服务生都有编号。若感到谁的手感手法很到底，让你感到舒服，下次来时就可以提前预约。这次艾静和兰梅就分别预约了自己喜欢的号码。

“你们的手摸惯了女人，再摸你们的女朋友时，还有感觉吗？”艾静好奇地问。

两个男生相视而笑。长相稍显稚气的高个子男孩用好听的四川普通话说：“怎么会没感觉？你们只是我们的工作对象，而女朋友则是情感对象，状态不一样，投入的心情也不一样。”

“是工作状态不一样吧！给我们工作是用双手，给女朋友是手脚并用。”看这个男生说话时有些腼腆，兰梅便跟他逗起趣来。

高个子男生的脸涨红了。

艾静同情地说：“你们太小、太年轻了，不想再做些别的？”

稍成熟些的男生说：“我们都是从老家出来的，家里穷，又没上过什么学，便学了按摩。想挣些钱，以后做些小本生意或自己开个按摩店什么的。”

艾静望着给自己按摩的男生，有一种怜爱自心底升起来。他真的还是一个孩子呢，为了谋生，也真难为这些天天捧着一双双大的小的胖的瘦的粗糙的细滑的脚的他们了。

“生活让我们比城里同龄的孩子早熟！”稚气些的男孩说。

“是显老！”另一个男孩说。

“你知道你们男人逐渐老去的标志吗？”

两个男孩都望向兰梅，想听下文。

“就拿解小便来讲吧，首先是忘了拉上裤子的拉链，第二是忘了拉下拉链,第三便是忘记拉拉链了!”

几个人同时都笑了起来。

做背敷了。两个男孩熟练地撩起兰梅和艾静的上衣,把在烤箱里烘烤过的装在袋里的海盐平摊到她们的背上,不停地把袋子来回搬动、烫贴。

把自己的背脊暴露给与自己不相关的男人,再联想到男孩的目光在背上的逡巡,艾静有些羞涩。她感到男孩的手,在她乳房过渡到后背的地方轻柔地抚过去。她的心酥酥地,随之痒了起来。她甚至想到如果这样的一个阳光男孩与自己单独在一起,会是怎么样的情形。

艾静为自己产生这样的感觉有些吃惊,若一个男孩面对着具有着优美S型的异性的身体,仍没有一丝杂念,艾静感觉那是不可思议的;一个女人被一个男孩极尽细腻地揉捏与抚慰,没有臆想好像也是不够真实的。这和那些正人君子天天叫嚣的仁义道德好像没有多少关系。若一定要找出一个关联,那就是人的本能了。

几声呻吟传来,好像是一种愉快的痛感,让兰梅不呼不快。

“烫吗?”男孩问道。

兰梅“嗯”了一声。男孩把装海盐的袋子从她身上拿开。兰梅的手拉住男孩的手,同时把两张粉色的钞票塞到男孩的手中。男孩心照不宣地迅速把钞票塞进裤袋里,手随着她的引导向她的私处摸去。

艾静把视线逃开了。

女人享受男人的意识,不亚于男人对女人的渴慕。只是有的女人过于压抑自己,常常成为传统观念的俘虏。有些女人则不同,她们不会委屈自己,她们也会适时地像男人一样不放弃享用男人的时机。

Chapter 51

艾静醒来时，小屋里就剩了她和兰梅。也许被按摩得过于舒服，不知何时，她竟睡着了。兰梅则双臂枕在脑后，眼睛望着屋顶出神。

看她醒了，兰梅对她挤出一个怪脸说："你睡了都一个多小时了，看你那么香地睡着，没舍得叫你。"

艾静从床头的茶几上拿了杯红茶。茶早已冷了，在热热的胃肠里，像有一条凉凉的小溪流穿过。艾静不由得打了一个冷战，身体里的热量好像随之也失散了许多。

兰梅向艾静伸出手，艾静也会意地把手搭过来。

"我还想像大学时一样，跟你躺一张床！那时多好！"兰梅叹息着。

"可不！"只是现在已经够私密了，"若咱们再躺一起，要让人看见，准以为咱们是'拉拉'呢！"

"爱情这东西，虽能给你加冕，也会把你钉在十字架上；虽能栽培你，也会无情地刈剪你！还记得咱们那天晚上的聊天内容吗？那时，你多么相信男人，相信爱情呀！可到头来又怎么样？"

"爱情就像一次长跑，到头来总会让人筋疲力竭。一场场跑下来，结局都一样，所不同的是过程。哎呀，咱们能不能不说这个话题？"艾静厌恶地把眉头拧紧了。她现在好像有了心病，看电视时，若遇了有情色的镜头她会立马换台；走在街上，或看到情侣们相互依偎，她都会把视线转向别处。

"那就说我吧，几天来我正烦着呢！"兰梅欣然把话锋转向了自己。

"你有什么可烦？新老板不但赏识你，还向你递橄榄枝！"

“你知道我原来的老板吗？那个派我卧底的东家，没想到他让人二十四小时监视我，当我发现时，我大部分行踪他都掌控了！”

“好阴险呀，一边利用你，一边不信任你！”

“商界的人就是这样。丘吉尔不是说么，没有不变的敌人，也没有不变的朋友，只有利益不变。这是游戏规则，只是我大意了。我也是，当初不也是为了利益嘛，没想到碰到了一个情种，而且他还那么优秀！”

“没出什么事吧？”艾静有些为兰梅担心。

兰梅冷笑了一声：“我原来的东家有一笔大单做丢了，而得到生意的正是我现在的东家，所以我原来的东家认为是我从中作祟，拿出证据威胁我。后天就要签合同，他命令我不管怎么做也要把订单拿回来，否则，所有损失都要我一个人承担！几百万啊，把我卖了也不值那么多钱！”

“那个追求你的李经理知道内情吗？”

兰梅摇摇头：“其实，我完全能把单子拿过去，那样我就完全暴露了，而且还对不起李总！”

“要不你和李总好好谈谈，他若真爱你，总会想办法的；否则，你也别客气，因为他不值得你那样做！”

“哪这么简单！”兰梅欠起身子，点燃了一支ESSE。狠狠地吸了一口，好久烟雾才从她嘴角空隙间丝丝缕缕地溢出来。

“不说了，还是说说你吧，你想以后打算怎么办呢？这样一个家，两个女人一个男人的日子，你怎么还有那么大的定力跟他们过下去？”

艾静也从烟盒里抽出一支烟，在指间捏了好久，想点烟时才发现细细的烟杆儿都被自己揉烂了。

她叹了口气说：“自从那次被救活，我对自己已极度不自信，对人充满恐惧。你知道，我怕林林总总的人和错综复杂人际关系。我后来也曾工作过几个月，就是因为不适应那种繁复的工作环境，又不得不回到家中。”

“可是，这种日子什么时候是个头？你还不到二十八岁，还有长长的路要走！”

“固原老家我是再也回不去了，你知道那种封闭与落后，会把我更早地推向坟墓。还是这样过一天算一天，反正我是个曾和死神擦肩而过的人了，多活一天都是老天赏我的！”

“你太悲观，不能这样！那个苗韵桐呢？他不是说你是他血液里的，你也对他挺痴情的！”

“我不想提他！”

“你痛感还是这么低，这样不好。”

“痛感高未必好，它让你血流干了，都不一定能发现自己受伤了！”

“你想，你连死都不怕，干吗不好好地为自己活一场呢？”

艾静把烟送到嘴边，想吸时才发现烟并没有点着。她干脆把烟再次揉碎了扔在地上。

“我一直以为苗韵桐和他们不一样，最后才发现他们还是一丘之貉！虽然你不愿说，我还是能知道。不过我一直不明白，你那么讨厌虚伪的政客，可又怎么和他走到一起了？就为他写的那几篇骗人的烂文章？”兰梅像是自言又像是问着艾静，“我知道你的问题出在哪儿了！你的问题就出在把自己的全部希望都寄托在一个个男人身上，却从没把希望交到自己手里！”

艾静不置可否地看着她。希望，多么遥远的一个词。她想起雪莱曾说过的一句话，不知和兰梅的话题有没有关系，心情所至，她还是脱口而出：“没有一个男人，可以从一个妓女的拥抱中脱身后依然纯洁；没有一个人，可以在辜负了一颗满怀希望、赤诚袒露的心灵后而依然无辜。”

“我明白你的意思，拜伦也有一首诗说，希望是妓女，她在拥抱了你以后再把你无情地抛弃吗？而你也是失望在一个个梦想无情的辜负中。都一样，无人能幸免。只是每个人的调节能力不一样，心情与生活状态也千差万别起来。”兰梅的目光黯淡起来，像是对艾静说又像是自言自语，“我依靠男人，但他们只不过是我用来达到目的的一种工具！能主宰得了我的，是我自己！像现在，虽然我也四面楚歌，这都是我自找的，若摆脱了，一走了之即是了。现在我不离开，也是为了想要的一个希望。”

兰梅的这番话，真的像小锤子一样敲在了艾静的心上。而她的思绪，又被拉回到旧日的时光，有那么多耻辱也跟着来了。

“想死我了！”艾静纤细的腰肢被人从背面紧紧环住，以致她端在手中的芝华士失了手，杯子毫不客气地掉在地上，碎了。

“你就不能忍到只剩下咱俩的时候？”艾静一边推着田野，一边压低声音说。

“干吗要忍呀！都一周没要你了，都胀死了！不信你摸摸！”田野拉起她的手，就往他的下身放。

这是三年前那个夏夜，窗外的雷声好像跟谁较着劲，而雨却还没找到状态似的，一滴都不赏天爷的这张老脸。吧台前的艾静也跟田野较着劲，她不愿自己像个不被尊重的小妓女，任人不分场合地玩弄。

“阿秀早睡了，再说，她不睡又咋样，羊羔永远主宰不了牧人的皮鞭和猎狗的追逐！”

“记着，我可不是你的羊羔！”艾静生气地说，声音很大，被田野一把把嘴捂住了。

“宝贝，你是我的天使！”田野把艾静抱起来，不容分说地向屋里走。艾静白色的蕾丝睡衣被挣开了，露出里面镂花的T字形内裤。他还没来得及把门关上，就把艾静扔到软床上。

闷了太多湿气的夜，棉被一样严严实实紧裹着它里面苟且的生命，让他们像刚从水里捞出来的水草，空洞而又夸张。

田野拉起艾静的双脚就往床边拽。艾静的身体好像也被他邪恶的欲望叫醒了，随之她又不忍起来，阿秀毕竟是他的妻子，这不是有意让她受辱嘛！他们所做的“好事”若被阿秀发现……

“你把门锁上，否则这样我真受不了！”

“我都没事，你有什么受不了的！我还想叫上她，咱们夫妻三人一块玩呢！”

“你给我们俩留点面子好吗？要不，我就搬出去！”

田野把艾静修长的双腿扔下，并没有立即去把门关严，而是把艾静所有的内衣退去，把台灯稍稍调亮了一些。他的眼睛也随之放出光来。

“心肝宝贝儿,你知道吗？我躺在她身边,脑子里却都是你,对她我一点兴趣都没有,连摸一下她好像我的手都会被扎着！我有时都想不明白,过去那么多年,我们夫妻都是怎么过的日子！”田野赤裸着身子说。

“你快把门关上吧！若被她撞见算什么呢？”艾静有些急了。

田野的舌头在艾静的脚心上舔了一下,艾静的腿随之下意识地蜷起。

就在田野转身时,他愣住了。

穿着大背心和花裤衩儿的阿秀就站在门外。脸上的表情好像被人偷了去,枉若戳在那里的一截被风雨淋了很久的木头。

艾静像被人捉奸了似的,慌忙拽过毛巾被把身体胡乱地掩住。

田野去看艾静,艾静则把脸扭向一边,不愿看他。不知过了多久,她才听到门轻轻掩上的声音。一切都那么静,静得空气都被绷紧了,好像有一丝外力都能把它撕碎。

一声响雷,轰隆隆地把窗上的玻璃震得嘎嘎响。雨,再也抑制不住的雨,随之狂泄而下。

Chapter 52

骤雨后清爽爽的空气早被太阳赶走了，窗子外面好像又不知被谁搬来了吐着火的火炉，吹进屋里的风闷热得让人透不过气来。

艾静早就醒了。她感觉自己没脸从这个屋里走出去，更没脸面对那个把所有表情都封在心底的女人。昨夜的那一幕，不堪回首。

有人敲门，还没等艾静说话，门就被推开了。是阿秀，艾静惊了一下，她忙欠起身，意识到一只乳房露在外面时，她把睡衣往上拉了拉。

她来做什么？打架吗？

还没等艾静再往下想，阿秀嘶哑的南方普通话塞进艾静的耳朵："小妹，昨晚我不怨你！我真的不怨你！"她的目光从艾静的胸部往上移。

艾静望着她，她凹在盆地里的眼睛却是积了水的，也像下过一场大雨似的，又红又肿。厚厚的上翻起的嘴唇更显拙笨，也许是过于克制，反而抖动得更加厉害了。

"我知道，你要他和我离婚，他就会和我离婚的，他听你的。可是，那天，你答应我了，是不？"

"嗯！"艾静点头。

"是就好，是就好！"阿秀还想说什么，嘴张了半天却没有说出来，她转过身走了出去。

望着她的背影，艾静像被黄蜂的刺蜇了一下。这种伤害她曾经也受过，而且不止一次。阿秀的感觉，她懂。她什么都懂。所不同的是，一个忍气吞声，一个以死求解；一个为了面子苟活，一个要自尊要解脱。都是想留住男人，一个是留住名份及名份之下的生活；一个是留住属于自己的那份爱情，而曾经的死也是对那种爱的背叛的拒绝。

艾静给兰梅打了个电话，兰梅说正跟着老板在加拿大谈生意。她想起了他，苗韵桐，犹豫了片刻，把电话拨了过去。

那边仅响了两声，没接就断掉了。艾静知道，不是他正在会上，就是他屋里有人，他不便对她说什么。

果然，五分钟不到，韵桐的电话就回拨过来："我正跟下属谈工作，我找了个借口，出来跟你说话。有事吗？"

一时间，艾静竟不知说什么了，说什么呢？说自己遭遇的羞辱吗？他甚至不知道她现在的生活状态；说心情吗？他甚至不知道她天天都想些什么。那次在咖啡屋，只不过是他们的第一次正式的交往。可过后，她还那样对他的行为感到不齿。虽然自己的生活，更让人觉得不齿。

韵桐的声音里，透着一种温暖的关切："好吧，要不过一个小时，咱们见个面？去哪儿呢？你想好了，发信息给我！"

为了舒解心情，艾静与苗韵桐相约到一家设在大学区的情人影院。

说是影院，整个空间却和单位的一个小会议室差不多大。横向里，只有靠墙及中间三行舒软厚实的双人包厢，包厢内一条窄窄的几案。纵向仅有五排。除了两边靠墙的屋顶上有不多的几盏昏暗的小射灯，室内异常幽暗。情人们可观影，可聊天，也可亲昵。除有新来的客人偶尔被服务生打着小电筒引导而来，一般不会有任何的干扰。

当时艾静也没有想好去哪儿，还是韵桐提议，说朋友们提到过这样一个有意思的地方，除了单位里组织的加强思想教育的电影，他几乎没再看过什么新电影。他和艾静一先一后分别走进去，以免被人看到。

艾静的心头虽然升起一股轻视，但她又无话可说，自己这个样子，又有什么好挑剔别人的呢？何况，每个人都有自己的苦衷。谨小慎微是对自己的保护。虽然委琐了些，又何错之有！

当艾静被服务生引导到一处靠墙的包厢时，她的瞳孔还没从外面的明亮调焦到黑暗，走路时有些跌跌撞撞，身体不时碰到旁边的座位。脚还踩在一个不知是什么人的脚上，那人低呼一声，她才意识到并说了声“对不起”。

正当她想确定服务生领去的位置是否正确时，她的手却被一双汗津津的手拉住了。艾静的心跳加快起来，正想抽出手，那人却叫了一声她的名字。艾静这才紧靠着他坐下来，座位不大，不挨着他也得挨着，这使艾静有些难为情。

银幕上放着一部外国片子。有个男人，坐在一个小理发店里，面对生有一头金色卷发的女理发师出神。那是个年轻而美丽的女人，丰满却不臃肿，性感却不轻佻。

“《理发师的情人》，是一部经典的片子，”韵桐把耳朵凑到艾静耳边说，“节奏慢了些，没有什么故事，好多人看它都没有耐心。我点了冰啤，冰红茶，还有茶点，你看看还来点什么？”韵桐把手机盖翻开，用上面的微光照着饮品清单。

“不够时再点吧！”

韵桐把一杯冰啤递过来说：“这是他们刚榨出来的，浓着呢，尝尝看！”

艾静对他笑了笑，她的笑容却被黑暗完全吞噬了。艾静呷了一口，把杯子放下时，她的手再次被韵桐握住。她没有抽回来，不屑地想，他们这些人在台上正襟危坐，大讲什么空话套话，肚子里也都是些花花肠子！只是一瞬间，她又为自己对韵桐有这样的想法自责起来，韵桐也许跟他们不一样，他只是迫于身处那种环境的无奈吧！

“其实，你刚到文学沙龙时，清清纯纯的，跟别的女孩一点都不一样！从那时，我就关注你喜欢你了！可是你知道我的工作性质，况且又是一个已婚的男人，我只能远远地看你、欣赏你，有时偶尔参加些活动，也都是为你！”

艾静惊诧地屏住了呼吸，他让她感觉有些意外。

“真的，否则，我干吗去文学沙龙里浪费时间？在那里除了一群人说着一群废话，除了无聊，还能收获什么？”

“那时你老爱坐在角落里抽烟，一支接着一支。”

“是。只是，对你的感应，却时时都在。”

“你对我又了解多少？”

“有的人，你跟他相处了一辈子，若不深刻地共一次事，你也知道不了多少；也有的人，只是和他一面之交，就好像是上辈子都了解了！”

影片中的场景，让两人止住了交谈，都抬头看着屏幕：

理发师玛蒂尔德终于答应了安东尼的求婚，那个总来理发店望着她出神的男人。在婚礼上，安东尼的哥哥拿出一件包装精美的礼物，打开来，竟是他儿时穿过的由母亲编织的游泳裤。这是件别具一格的礼物，引得大家一阵欢笑。

门被推开，一位头发蓬乱胡子拉碴的男人走进来，看到此情此景怕打扰了这对新人的兴致，想退出去。身穿婚纱的玛蒂尔德拿起理发器具，示意男人坐下……

“很浪漫，不是吗？”艾静说。

“也就发生在西方国家，要在咱们国内新娘子会是这一天的女王。一辈子就这么一天当女王，还不好好地美一天！哦，对了，你还告诉我，你是不是已经结婚了？”

影片中，安东尼跳起了小时候就会的伊斯兰风格的舞蹈，幽默的神情，风趣的姿态，让玛蒂尔德的心花都绽放开了。他们相拥在了一起。

“以后我不问了。除非你想告诉我。好吗？”看艾静并不回答他，韵桐伸出胳膊，迟疑了片刻后把艾静紧紧地搂住，艾静没有躲闪。

Chapter 53

“你妻子,她——”

还没等艾静往下说,韵桐便把她的话截住了:“我不愿提她,真的!不愿提!”韵桐的语气冷起来,让艾静感到他好像又回到了他工作的状态。

韵桐好像也意识到了这一点,忙解释说:“但我们永远是离不了婚的,我做过什么也决不能让她知道,她是个很单纯的人,若知道我在外面如何如何,会受不了这种打击!我由于工作经常出差、加班,她没少怀疑我!不是打电话查岗,就是经常到单位去找我,或找我的同事去核实,弄得我很烦!”

“好像在诉苦,其实他是在告诉我,和他交往一定别破坏他的家庭!好厉害,不愧是玩政治的!”艾静想。

“哦,我没别的意思,我只是说,情感和婚姻真的是两码事!也许正是由于婚姻不如愿,对一份美好感情的来临才更加珍惜!”韵桐又来吻艾静了,温柔得让艾静自责刚才那样想他了,也许是自己的心量太小,才会那样想。

影片中,玛蒂尔德和安东尼做爱到高潮时,玛蒂尔德突然从安东尼身上一跃而起,冲进雨里,安东尼还以为她要到外面买东西,只是透过窗口望着她,没有追赶。

韵桐和艾静,都把目光投向银幕,不知在理发师和她情人间将会发生什么。

大海像一张撒在雨雾中的大网,玛蒂尔德正向它奔去,好像是赴一个前世就定好了的美丽约会,她显得有些奋不顾身了。

“他们那样相爱,好好的,会发生什么事?”艾静说着,手下意识地抓住

韵桐的手。很紧。

“我的爱，我走了。”玛蒂尔德的内心独白，以话外音的方式响起来，“在你离开我之前，我走了。在你不想要我之前，因为我们之间只剩下了温存，但我认为还不够，我走了。在感受到不幸之前，我走了。带走拥抱的味道，带走你的味道，你的眼神，你的吻。我走了。带走我生活中最美好的回忆，是你给我的。我长久地拥抱你，直到死去。我一直是爱你的。但是，我的唯一，我走了。为了让你永远不会忘记我。”

“真不可理喻，怎么会这样？为了让爱情中最美好的东西永恒，就值得用这样的方式？”韵桐说。

“我懂！”艾静的眼睛湿了。

艾静好像看见了曾经向大海深处走去的自己，所不同的是，她是在所有美好逝去之后扑向大海怀抱；而玛蒂尔德却聪明得预知了所有爱情的终极结果，在一切一切还没有来临之前，让自己带着所有甜美的记忆离去，玛蒂尔德是幸福的。杜拉斯的《琴声如诉》与之也有一种暗合，在两个人深爱之时，女人让那个男人用枪射中了自己心。她们都是以死的方式，让一份爱情永恒。

她想起中国的《梁祝》，它的美是生不成双，死后化蝶为眷；而《理发师的情人》的美，在生前已成美眷，一人却在日月流转中担心“东飞伯劳西飞燕”，她知道若待“不及黄泉无相见”时，却真没有什么好见了。因而，便以自绝己命的方式，将一份浓情厚爱永远挽留。

古今中外，同是一份至真至纯至善至美的至情至意的爱情，挽留的方式却那样不同。一个因悲情而圆满，一个因圆满而悲情。是东方与西方、古代与现代审美情趣不同？还是审美情趣的心核儿其实都是一样的，却因变化已成快节奏的当代生活的主题，再想留住一份经典的爱情，只能以最悲壮、最凄美的扼住生命的方式？

她又想起席慕蓉说的：如果有来生，只做一个在海滩上写字的女子。她为什么要在海滩上写字？她想让潮水拖走什么，又想让时光留住什么？抑或她想证明，一个转身的距离，就有可能使企望与执守，与她无关？还是她知道，人最后什么都不会握住，因而，用她含血的手指，在海水瞬间即会改变与抹平沙滩时，书写那份不存在的永远？

她没有说给韵桐听，而且她已下定了决心，对他只字不提她现在的生活及过去的经历。而他的家庭，她也无心去破坏。在自己不堪的境遇之外，又有了一份情感寄托，艾静感觉这已是上天在她最惶惑困苦时送她的礼物了。虽说不上有多厚重，起码让她有个肩膀可以倚靠。若说起来，韵桐也算得上是个成功人士，年纪轻轻就已是副局级干部。市井人家长大的孩子，没有背景，更没什么关系，所有的路都是自己打拼着走过来的。况且，他的文章也写得不错，算得上是才子！这么一想，他现在的身份，让她忽略了不少。

Chapter 54

“我好像给你讲过！像《午夜一点的电话》等小随笔，其实就是那一时间写给他的。”艾静对正在抽烟的兰梅说。

足底按摩做得很舒服，使艾静周身有些发热，随着把身上的毯子掀开，她的思绪也拉回到按摩室里。

“哦，我想起来了。不过，那时你好像没有说得这么具体！好像顾虑我对政客的不友好，怕我举反对牌！许多事，你都是轻描淡写，或干脆不说。”兰梅从按摩床上坐起来，伸了个懒腰，透着对好友事事有所隐瞒的责怨。就像这次艾静的再次怀孕，她就没说给兰梅。不是怕兰梅骂她不小心，就是怕兰梅不理解，她总觉得许多事作为当事人都无法理顺，别人又怎能明白？

“或许爱情都是如此，开始挺有意思，就像一个华美的宴会，几口下肚感觉就跟以往没什么区别了，最后离开时都是丑陋的杯盘狼藉的场面。这还算好的，有时你还得守着它们，无从下手或根本收拾不起。想想挺没劲的！”艾静不无感慨地说。

兰梅又点着了一支烟，好像心里的负荷能随烟雾飘散似的。有位男士说：女人是房间。她们会把所有的心事在房间里乱堆乱放，沙发、床底、卫生间，到处是女人不愉快时留下的垃圾。如果你不帮她整理，那些垃圾便会发霉。女人在不开心时候，不但会制造垃圾，还会把以前的垃圾倒腾出来，在房间里到处乱扔。说这话的人是站着说话不腰疼，要知道幸福的女人产生的垃圾最少，而不幸的女人之所以不幸，就是因为她被垃圾压着，而它的制造者就是说这些话的狗男人！”

"我有个想法,你知道古代刑法里有一种极残酷的'凌迟'吗?民间经常骂的'你这个挨千刀的',就是诅咒这个人受凌迟之刑而死。咱们呼吁国家立法,只要男人惹了咱们女人,就由那个被伤害的女人给他凌迟!"艾静为这个想法兴奋起来,但随即又说,"我可以这么想,真让我做就下不了手!"艾静有些感伤,因为只能想不能做的症结是她性格里的,她还没有找到一种很好的方法让自己强大坚韧起来。

"走一步看一步吧,像《飘》里斯佳丽的那句名言——'明天吧,明天都会好起来的!'"

艾静很佩服兰梅,总能适时地让自己从不堪的境况里摆脱。她有时候想,我是她的密友,我为什么不从她身上学些使自己快活或消解的观念?

Chapter 55

回到家，已是下午四点。除了林阿姨没在，田野和阿秀正在客厅里看电视。艾静倒了杯咖啡，向自己的卧室走去。

“小静，水族箱里又买了新的鱼，你不来看看！”田野招呼艾静。

三个人在一起，总是太尴尬、太敏感。大家不说话时，难受得好像能听到彼此的呼吸，谁都能撞疼谁似的。谁说句什么时，另一人就像兔子一样支起耳朵，恐怕话里含了什么影射谁的锋芒。这种场合下，艾静一般选择避开。再说，昨夜难堪的一幕让阿秀一览无余地都看到了，虽然阿秀早上又求了她，艾静还是心里装了鬼似的不好面对。

倒是阿秀面无表情地说：“刚才阿野陪我看病回来时，他特地买给你的，说你也许会喜欢！”

艾静对她笑笑，把咖啡杯放在茶几上，俯下身去看鱼。

“是小嘴努起来的那几条吧？瞧，它们的样子像是在跟谁接吻呢！”

“它的名字就叫接吻鱼。”田野也凑过来，用手在玻璃外对里面的鱼指指点点。鱼儿们一哄而上，过来追逐田野的手指，田野开心地笑了，说：“好玩吧，它们还以为我给它们送食物呢！”

“那几条小斑马呢？怎么一条都没了？”艾静用目光在鱼缸里搜寻着。

“就是，刚回来后我也发现了！没见有死鱼呀！”田野也感到奇怪，头晃来晃去，上下左右地搜寻着。

“是大的把小的吃了！大吃小，天经地义的事！”阿秀在一旁说。虽然是说鱼，也许是南方人对大与小两字吐字的发声，听到艾静耳朵里时，感觉她的腔调听上去怪得很,让人不舒服。

田野却没有感觉这里面有什么蹊跷,而是在一边附和:“对对,是大的把小的吃了,看来鱼不能混着养!”

阿秀在一旁不再说什么,脸上仍没有任何表情。只是看到电视里有几个小资女人聊天时说“男人所谓的专一,是受到的诱惑不够;女人所谓的忠贞,是因为背叛的筹码不足时”,好像自己的脸被什么抽了一下,急忙换台了。

那天艾静偷偷问过田野:“为什么从来没有看到过阿秀乐呀,她是不是从你认识你那天起就没乐过!”

田野说:“多年前,我曾交过一个十七岁的黄花闺女,她是我们的同乡。那女的肚子大了,想让我给她名份,我实在喜欢那女孩便同意了。阿秀以死相拒,决不离婚,还拿喝农药威胁。幸亏喝下的农药,是假冒伪劣产品,最后没死成。从那以后,阿秀就很少乐了。”

“那个女孩子呢?她怀的孩子生下了没?”

“做我的‘小’,阿秀都同意了,条件是把她带到离村子远的没人知道的地方,女孩却执意不从。最后她找我要了一笔钱,便跟我再没有关系了!她生了个女娃,后来带着她远嫁给一个家境不富裕的男人!”

“大姐,诊断结果出来了吗?”艾静回过头来问阿秀。

看艾静这样关心阿秀,田野高兴了起来。望了一眼阿秀,替她说:“还没呢,得做完手术、做完切片才能知道!”

林阿姨拎着大包小包的东西回来了,看到三个人正在厅里和睦地拉着家常,高兴地说:“哇,你们都在呀,那我赶紧去给你们做好吃的去!想吃什么快说吧,要不说,你们的胃口我就给做主了!”

艾静感到肚子有些坠胀的痛感,随之有一种倦意席卷而来,便说:“我想歇一会儿去。”说罢便往自己的卧室走去。

“天哪!那是什么——”

虽然门紧紧地关着,但外面的人还是听到了艾静惊恐的叫声。

田野快步冲了进来。

“怎么了，小静！”

艾静脸色煞白，由于惊惧使眼里的瞳孔都缩小了。不知发生了什么事的田野，顺着艾静的目光望去，见床头上方的白墙上，正有一只近两寸长的千脚虫一动不动地躺在那儿。

“吓死我了，我当是什么呢！”田野在床头柜上抽了张纸巾垫在手上，把那只惹是生非的不速之客逮住了。

“乖乖，瞧把你吓的，就它？”说着，他捏住虫子想给艾静看，艾静把眼睛使劲闭上了。

她从小就怕这些小东西。小时有个小伙伴曾把一只长着翅膀的大蚂蚁放到艾静的衣领里，大蚂蚁把艾静细嫩的皮肤咬得通红，害得她半夜发起烧来。村里唯一的大夫当时出门了。无奈，父亲套了辆毛驴车，由母亲抱着她黑灯瞎火地往几十公里外的乡镇小医院赶。父亲怕累着那头刚下过小崽的母毛驴，只得在乡路上深一脚浅一脚地跟着驴车跑。由于刚下过雨，土路上有些低洼的地方还蓄着水，父亲有几次摔倒在里面。到医院时，天已大亮。艾静被送到病房，父亲已滚成了泥猴，脚上还流着血。

有了这次经历后，艾静对这些小虫子便产生了抵触情绪。看到它们时，身上就条件反射地感到刺痒。

“没事了，小静！”田野拍着艾静的背，并照料她躺下。与此同时，她看见田野背后有一张似笑非笑的脸，当她想看清时，那张脸已经消失了。不会，她不会幸灾乐祸的，也许是我恍惚间产生的幻觉。

“灯就开着吧，不舒服时叫我，好吗？”田野在艾静的身边坐下说。见艾静把毯子蒙在头上睡着，他便把手从毯子下面伸进来，在她身上摸了摸。艾静扭动了一下身子，拒绝了他的摸索。

“有我呢，你什么也不用怕！”田野在被子上拍了一下，便出门了。

屋里只剩下艾静一个人，她把毯子从头上拽下来，长舒了一口气。眼睛失神地四处张望，还好，她再也没看见小虫子。那张幻觉中似笑非笑的脸，让她感到不安甚至恐惧。也许是由于惊吓，她感到小腹坠胀得更厉害了。

Chapter 56

“静，亲爱的，欧洲之行，终于快结束了，我正随团办理登机手续！心却飞越了千山万水，飞向了你！没有你的日子苍白得像一张没有任何颜色的纸！”

俊伟从机场发到艾静手机上的邮件，艾静刚翻看时，妇科大夫的声音便传了来：“你的病历呢？哎，说你呢！”

艾静抬起头来，迷茫地望着质问她的医生说：“上次忘在您这儿了！”

“自己的东西为什么不收好？没有病历记录，谁能知道你身体状态的发展和变化？说吧，婚否，是否生产过，是否做过流产，有多少天没来例假了！”

“有六十五天吧，我的经期一般都挺准的！”接下来，艾静把自己的孕史重又讲了一遍。

又有手机短消息发来。艾静没看。她怕大夫的那张哭丧脸，再对她横眉冷对。

“躺到床上去！大姑娘家家的，看上去俊俊的，也不缺心眼，可一次次怀，又像没心眼儿似的，什么事儿呀！”虽然艾静没再看手机，大夫还是对她没鼻子没脸地凶道。

艾静白了一眼把头发都拢进白帽子里、眼上戴着金丝边小眼镜的女大夫，心想，她看上去也就四十多岁，不会就到更年期了吧！要不怎么像绝经期的老女人似的！

“好了，下来吧！”

大夫一边走到外间在病历本上写着什么，一边对艾静说："胎儿着床不是很好，记着，是很不好！你的子宫由于多次流产已遭重创。若不要这孩子就得赶紧做人流手术，再长大些就得引产；若要这个孩子就一定得当心，好好保胎！"

艾静再问："大夫，这次我若不要，以后还能怀孕吗？"

"这保票谁敢给你打？"

艾静的心彻底冷了。她真的不想要这个孩子。

艾静坐在走廊里。走廊那头不知谁开了半扇窗子，冷风呼呼地从那里灌进来，逼得她无法呼吸。她把防寒服裹得更严一些，把围巾围好，正想站起来，发现走廊的那一头有个熟悉身影一闪。她的瞳孔不由得放大了，赶紧追过去，那人却已消失得无影无踪。

她来这里干什么？艾静的心一下子抽紧了，从肩胛处直往下冒寒气。

是错觉！艾静为自己找到了一个理由。哎，我怎么了，这些日子总产生错觉，疑神疑鬼的！艾静烦躁地咬住自己的下唇，好像只有这样，一切都会理顺似的。

为了分散倒霉的注意力，艾静翻开了手机。

"就要飞向你了！从候机室的窗子上看到了一层薄薄的雾霭，亲爱的，那里面有我看不清的你吗？"

上大学时，俊伟突然和那个什么都不如我的女生交往，否则，我不会经历这么多！艾静想着，心又被强酸侵蚀了，回他：

"我曾问过你，你为什么不告诉我，上大学时你那么追我，后来却突然与另一个女生好上了？"

不一会儿，他的短信息又过来了：

都陈芝麻烂谷子的事了，还提那些干吗？咱们现在不是很好吗？走了一圈，还不是又到一起了！这会儿就让我们更加珍惜！不是吗？

艾静回复他：

你不告诉我，你就别想见着我了！我很认真！这些对我来说很重要，我想看清你，否则，你让我还怎么信你？

他回复短信息：

真是造物弄人！我哪还敢再失去那么宝贝的你，我真不敢再把你丢了！你是我的心，没心的我，还能活吗？飞机上不能开机，怕信号会对飞机飞行有影响，我关机了。

艾静漫无目的地走在街上。她想起米兰·昆德拉引用过的一句诗：生活在别处！是的，我的家乡也在别处！而真正的家乡却不再能容下自己，那是父母的家，我早已不在了。而爱情，我真正握住过吗？若说没有，怎么会一次次怀上他们的孩子；若说有，他们怎么又让我无法感觉到他们的存在？难道在这个过程中，是我错了不成？

风冷冷的，像一只偷红了眼的强盗的手，连人身上穿的衣服都不放过，艾静抱紧了自己，强盗仍不罢手，跟艾静死磕，强拉硬拽。艾静用手扶住了路边一棵碗口粗的白蜡树，大口大口地喘气。她不想回那个所谓的“家”。可是不回去，她又能去哪儿呢？几年来，除了兰梅，她几乎断了所有旧交，新朋友也没有结交。

“哟，你怎么在这儿？”有人说话，声音好耳熟，“我从一个朋友家出来，刚好在这里路过！来，咱们打车回家去！”

来人想扶住艾静，艾静说：“我没事，是低血糖又犯了。”她撒谎了。来人不也同样撒谎了吗？可她为什么来这呢？因为上次来看病，也看到了她。莫

非……艾静头痛得好像里面有人在使劲地撕扯，又好像有几个淘气的小人在抓着脑神经疯狂地打秋千，阻止她继续思索。

她被来人扶进了出租车，由于头压得不够低，还在车门上狠狠地撞了一下。

“田野要给你买辆汽车你就是不要，你说你的思维是跳跃的、发散的，不适合开车！瞧，这多不方便呀！”

“林阿姨，给您添麻烦了！”艾静闭起眼睛，感到一阵头晕。

“快别说了！看你这样，我心疼！”

这个心地并不坏的精明女人，脸上的纹路交错起来。用手心摸摸艾静的额头，又摸摸自己，自言自语：“好像没发烧呀？”她把艾静搂在怀里，为让艾静的头在自己肩上靠得更舒服一些，把腰板直直地挺着。

艾静虚弱地说：“林阿姨，您怎么像我妈似的！”

也许为减少艾静的感激之情，她说：“再忍会儿，一会儿咱们就到家了。”

一提到家，艾静的胸口随着胃部的搅动起伏了几下，林阿姨马上对出租车司机喊着：“师傅，劳您在路边停一下！”

再上车时，阿姨对艾静说：“明天咱家又要来人了！在西南大学上学的田豫锋放寒假，要过来看他妈妈！”

看艾静闭着眼，脸上除了不时皱一下眉头外，没有任何表情。

林阿姨说：“你的身体太弱了，赶明儿我得好好给你调养调养！”

虽然刚才吐过一次，又吸了些新鲜空气，艾静仍不舒服，天旋地转不说，她的胃部好像总有只脏手在掏。但她仍忍着不适对阿姨说：“您没少疼我！谢了！”

“我可怜的孩子！”阿姨搂紧了艾静。

Chapter 57

去年,大巴车上,艾静也搂着一个身体极度虚弱的男人,急急地往家赶。他不是别人,正是苗韵桐。

“十一黄金周”假期,他们来到离市区几百公里外的山里。这还是他们第一次出门,吃农家饭住农家院。没料到,晚上冲了个凉水澡后,一向身体结实的韵桐后半夜却发起了高烧。

艾静几乎一夜没有合眼,一直守在韵桐身边。她一边给他服用随身带来的药物,一边用凉水给他擦身。山里没有医院,甚至连个药店都没有。

好容易熬到天亮,艾静心疼地说:“我到外面看看有没有回城的车。”

退了点烧后身体仍虚弱的韵桐说:“那怎么行,北面的那座小山,咱们还没爬呢!”

“你这样,真不敢再在这里待下去了!”

“好像我抓了个大奖,好多年没烧了,偏偏咱们俩外出的这两天!”韵桐自责地皱起眉头。

“偶尔发一次烧也不赖,你没听医生说吗,能杀身体里的癌细胞!只是让你受罪了!”

“真不是时候。若你说受罪,那怎么会呢?要知道从小我还没得到过这样精心的照顾呢!若在单位赶上身体不适,许多人跑前跑后地围着我,唯恐落在后面,只是那种热情里,让人抓不住一点内容。他们不是冲我,而是冲我坐的那把椅子来的!椅子不在了,我连狗屁都不是。在家里,哎她……我不愿说她不好,不说了……”

艾静没再说什么，因为那里一定有着难言的东西。她把房东做好的手擀面端来，拿汤匙一口口地喂韵桐喝。怕汤过热烫着他，每喂一口，她都会像当年爷爷喂自己时那样，吹上一吹，或抿上一小口试一试。

艾静望着韵桐，她心中有说不出的感觉，没想到一个坚不可摧的大男人，在病痛面前这么脆弱，这么不堪一击。像个孩子似的，乖得让人怜爱。

韵桐欠起身子说："咱们，一会儿去爬后山吧！"

"那哪行，你还病着呢！"艾静断然拒绝。

"还是去吧，傻傻！"

他有时爱喊艾静"傻傻"，他曾说过她身上那种单纯，是现在社会不好寻的，他珍视的就是她的这种"傻样儿"！

艾静说："是不是太傻呀？"

"傻得可爱，傻得让人心动，傻得让人垂怜，甚至可敬！"

艾静乐了："别人骗我这个傻瓜我什么都不说，你若骗我可不饶你！"

"怎么会？傻傻，咱们不能留下遗憾，那座山非去不可！"

韵桐欠起身，用他烧得有些干裂的双唇吻向艾静，犹如亲吻着多日未雨的焦渴而炽热的土地一般。艾静为眼前这个大男人感到心疼。

上山时，他们攀爬的速度比前两天慢了许多。走过一处放羊的老妇身边时，韵桐拉了艾静一把，远远地走向一边。

老妇对他们笑着，好像好久没有见到陌生人似的，还对他们用当地的土话热情地说了句什么。

艾静露出了笑容，想对老人示好。"别理她！"韵桐也不看老妇，虎着脸使劲拉着艾静快步走开。

艾静迟疑着，回头看了眼老人，不安地说："她在和我们说话呢！"

"傻傻，你没看她怀里抱着一把镰刀吗？"

"那又怎么了？我们老家的人们下地干活，总爱带一把镰刀，收工时方便捎些柴草回来！"

"人生地疏的，你知道她会拿镰刀对咱们做什么，你知道这里面会存什么机关！”韵桐神情严肃，一点玩笑的意思都没有。

艾静被逗乐了：“机关，切，你们在机关坐久了，出门也不忘提防被人算计。”她好像又想起什么，继续说：“哎，你说你们这些工作人员，为什么把工作单位说成是机关呢？是不是机关算尽的一个地方？”

韵桐把脸沉得像欲雨的天空，低吼着：“都什么时候了，你还开玩笑！”

艾静不做声了，可她心里还觉得好笑。她想，韵桐也许被烧得有些晕了，以为一个拿着镰刀的老妇也是一个威胁。她又为自己对人没有一点防范而受到了触动。

在一处朝阳山坡的避风处，他们坐了下来，艾静不想让他再往前走。她真怕他的体力消耗过大，病情加重。

放眼望去，是层层低下去的几乎掉光了叶子却挂着小红灯笼的柿树和低矮的酸枣树，有一丛丛淡紫色的雏菊，脱去了春夏的娇羞，奔放地盛开。这里那里的，点缀在山的胸襟及他们的视野中。

艾静把自己的牛仔上衣脱下来，铺在地上，拉住韵桐说：“累坏了吧，坐！”

“瞧我一个大男人，唉！”韵桐不好意思地摇着头，脸上露出一丝苦笑。他搂住艾静，声音变得像照在山坡上的阳光一样温暖。

“你真好！”

“就是，咱们在一起快两年了，你早该知道！”艾静撒娇地昂起头来，神气得像一只骄傲的小天鹅。

“看来女人是最不能夸的！一夸就忘乎所以，也不拿夸她的男人当回事了！”韵桐的脸板起来，可他的眼睛仍是笑的。

一个大大的问号，被艾静用眼睛勾出来。

“就因为女人爱骄傲，女人一旦骄傲起来，男人就没地位了，就什么也不是了。她再看眼前的男人时，就一定会夹着眼皮了？”

艾静被他的话逗乐了。

两人滚着笑着，笑着滚着。尘土草屑沾了一身，甚至有苍耳扎到了肉，有苍蝇飞来凑热闹，嗡嗡嗡地叫着，他们也不感到烦。

艾静采了许多雏菊和喇叭花来。像《查泰莱夫人的情人》中描述的那样，装扮着韵桐的身体。

不远处，柿树上熟透的柿子，像受了谁的旨意，“咚”的一声落在地上！

Chapter 58

回来后,艾静写了一篇心情文字:

传说

爱你!你说。

她屏住呼吸,因为她怕你的话音会随她的气息飘散。她多想让你大声地对着眼前的大山、对着身旁丛生的杂草抑或嗡嗡飞着小虫再大声说一次。可是她不敢。她怕自己刚刚得到的幸福,不能再一次百分之百得到印证。

此情此景,如果你的感觉是一种错位,她愿意。

她哭了。500 多个日子的期待,500 多个日子的憧憬,她终于收获了眼前这座美轮美奂的大山。山谷间像灯笼一样挑在枝头的柿子,也欲发红了,不时有熟透的落下来,发出"咚"的声响。很容易让人想起《咕咚来了》的童话。

她把脸埋在你宽厚的肩上,因而你没有发现她在哭。自认为什么都不再相信,什么也不能再打动的她,还是心动了。曾认为了解了一个男人就了解了所有男人的她,此时她宁可相信,你的爱是出自真心,你与其他男人不一样。她曾认为能让女人真心托付的男人,像长白山里珍贵的野参,少得几乎绝迹。而此时,她宁愿相信,自己像那些放山人一样寻到了梦中的珍宝!

已不是容易被欺骗的年龄,一路走来的伤痛还都能望见,警示标一样立在生命的来路。而此时,所有的叮咛都被眼前这个大男人击碎。其实,先前那500多个日子的等待与憧憬中，她好像是看着一个与自己毫无干系的人，等着他步所有男人的后尘。

人说，爱情的生命最多也只有18个月。

爱你，却是说在18个月的相守之后。

不久前，你曾在短信里对她吐露过一两次，她只是一笑而过。她认为，那只是短信交流到深处时的一种情绪。当事物化作了游戏，痛苦与欢乐也都失去了它们应有的价值。她也想像歌中唱的“投入地爱一次”抑或“告诉我走下去，我会拼到爱尽头”，像当年那个小少女一样，傻傻地爱，傻傻地为他哭为他笑、为他疯狂。只是，她感觉一切好像蝉蜕，都高高地挂在了记忆的树枝上。不想，今生还能与幸福撞了个满怀。

爱情是一种信仰！人说。

爱情是一种传说！这是她在情感路上，找到的经典画卷。高高地挂在那儿，仰累了头，却错乱了脚步。

你也曾经说，现在还有谁说爱呀，只有喜欢。你说这话的时候，当着许多人，她也在场，只是那时候，你们还没有太多的故事。而你们故事开始的时候，蔡琴的老歌《一个结束的开始》也是她听得最多的时候。

于是，500多个日子中，她等待着小说随时可以辍笔。虽然她一直以为小说远远没有生活精彩，但是，她还是跳了出来，像看别人一样进行着自己与你的故事抑或小说。

虽然是这样，并没有妨碍她认真地待你。她一直认为你们之间有太多相似之处，你也说过。有一点反差过大，她是性情中的女人，而你却很理性，常常像冷水一样，泼在她欲燃的激情上，让她也跟着回落到你的温度。或许正是这种性格上的差异，才让你们在心理学家断言该分手的时间相拥在山中。

午后的暖阳像圣父的大手，爱抚着大山、山中的各色植物、昆虫还有相拥的人儿。《周易》说，天空在山中。大山是宽厚、辽远及丰富的。也许大山给予万物生命的同时，也能搂起所有的恩恩爱爱、酸酸甜甜、真真假假及虚虚实实。

没饭吃可以乞讨，幸福谁能给予？贪心的人，永远掀不开笑声的一角。想来，若我们能把自己当成仅有一天生命的蜉蝣，将一个个幸福的片段或瞬间串起来，那会是多么精彩的一生！

“咚！”又一个熟透的柿子落下来，像是在光阴的屁股上结实地打下一枚沾着泥土的戳记，又像在你给予的所有心情中，她活进了传说。

Chapter 59

从山里回来几个月后的一天，韵桐给艾静发来一条很有意思的手机短信，于是艾静便与他你一条我一条地互发起来。

韵桐："我的女人，听你的话，坚决不过于理性了。这大概与我在机关形成的心理有关，上班以前可不是这样。进入机关后，我感觉考虑任何事情都有些谨小慎微了。"

艾静："你能帮静解答一个问题吗？因为你的静百思不得其解。可？否？"

"可以。说。"韵桐回这条信息时，时间过去了近一个小时。

艾静不再抱着他会再回她短信息的希望了。当时她想，他有可能又在会上，不是在讲那些空洞得让他自己都觉得滑稽的话，即是在倾听与观摩别人的滑稽。

欣喜中，艾静对韵桐说：

"你怎样让我想你少一些？"

"哇。因为，我俩本该是一体的。今晚，我陪你！"

"好，让手机等你。"

"好，把我的温情覆盖你，让你暖和，我的静，好好听音乐，等我。你就是我无尽的思念，百思不解念。"

"百念不解思。"

"我是上唇，你是下唇。就像掰开的伤口，想愈合。"

"就像搁浅的船只，想破浪；就像被熬的苍鹰，想蓝天；就像童年时的小衣服，还想再穿。”

“哇，我都不会说了。”

“尽在不言中。”

“静，我约七时去。老地方。”

两年来，他们在一起即是一种若即若离的状态，艾静觉得这样也好，一来感觉可以保鲜，二来他身上那些职业性的恶俗，她望见的可以少些，厌恶也会少些，对他的拒绝自然也少些。她可以长久地体味他的好，而他的不好她可以在期待中忽略。

他曾说：“你是我的初恋。”

“你们结婚时，没有经过恋爱吗？”艾静不解地问。

“我的家庭条件不好。你知道的。我也不是帅哥，上班后的几年，我不过是小科员，小科员在机关里一抓一把。她是经人介绍的，长得蛮漂亮。那时我还年轻，她的外表能满足我的虚荣心。我挺要面子，她无疑满足了我的面子。

“可交往下来，我发现，唉，算了，我不想说。我真不愿说她不好。只是，几个月后，我发现我们的差距很大，不能很好地交流，再与她分手，她却怎么也不同意。我冲动时吻过她也摸过她的身子，就是这一吻一摸她说要我对她负责，因为她从没被别人吻过、摸过。她说我沾了她的便宜，她说我不能就这么把她甩掉。为此，她还想找我们单位的领导。那时我在单位刚被提拔为副科级，我不想为此影响了仕途，就同意了。”

虽然，韵桐从不说他的妻子有什么不好，但艾静还是感到他们之间存在着很大的分歧。否则，他不会冒这么大的风险，和自己不清不白地交往着。他心里有苦，只是他不想或不能说。

有时候，艾静想，几年来，若没有他，她的日子真不知怎么过。想着他睡去醒来，想着他有一天会约自己，这样的日子好像也有个盼头儿。他总是身不由己，有家，有工作，她从不像有的女人那样，不管情人在哪儿，也不管他的身边有谁，电话随时追着。艾静不这样，她不愿给他添麻烦。她知道爱一

个人，就应该为他多想想。虽然这时自己正受着相思的炙烤。

静下来的时候，她会写些东西。那些文字已在许多文学杂志与报刊上出现了。她觉得不过瘾，开始学着写小说，一写就写长篇的，那样可以为许多好或不好的心情找个存放的地方。还有许多想要的东西，在文字里都能实现。

田野看到她经常坐在电脑前，有时会叫一声“我的作家”，却并不干涉她。他也知道，她需要有一种方式来打发时光。坐在电脑前，无疑是一种最好的办法，也省却了在外面她被别的男人勾引的危险。

Chapter 60

有一次,艾静与韵桐在咖啡屋相约,这一次韵桐让艾静领略了他的另一面。

"你等久了吧?"韵桐脱掉外衣,搭在包厢上方敞着的磨砂玻璃上。

半卧在沙发上的艾静坐起身,脸上透出可人的笑意说:"可不!你身不由己,我懂。"

"想死我了!"韵桐一把抱住艾静,一边狂野地吻她,一边把手伸进她的内衣,像久没沾过荤腥的猫一样,急不可待地对她撕扯起来。

他太过压抑了。这样的生活,这样的工作。艾静犹如一个能让他轻松休闲的"乐园",他要尽情释放和玩乐。

外面有脚步声传来。韵桐赶紧全方位地放开艾静。拽了拽自己的衣服,"嗯,嗯"地清了清嗓子。

"要点什么?"服务生递过价目单。

"来两份牛排,一份沙拉,两杯红酒,再来一份浇汁山药吧!对了,这山药是哪儿产的?"

"先生,这我不清楚,要不我到后台给您问问?"

"算了。牛排也要一份吧,七成熟的,吃不了剩下可惜!"艾静补充说。

和韵桐在一起,她常常会为他着想,想尽量给他节省一些开销,有时还经常抢着埋单。她很体恤他。他在外面吃喝都可以报销的,跟她在一起却不可以。也许是怕时间长了,会暴露自己的行踪;也许这些都是私人消费,他怕长此以往会对自己的升迁有影响；或者他认为跟自己心爱的女人在一起，不自掏腰包，有愧一份值得付出的爱情。

他们在一起的几年中，韵桐很少像别的男人那样，想方设法送一些物品给跟他相处的女人，讨对方高兴。甚至，连束花都没有送给艾静。艾静给予了他充分理解，他没有时间、没有精力，而家里需要用钱的地方又太多。他一定有他所不愿让艾静知道的难处。

她爱他，还有什么比这更重要的？

"你在写长篇呀！"韵桐端起酒杯说。

"是吧，不过还是个尝试。"艾静不好意思地说，韵桐写东西都小有名气了。她感觉自己在他面前不值一提。

"你都能写长篇了，多丢人呀！"

艾静惊讶地望向他，不知是他没把意思表述清楚，还是这话里有她不明白的寓意。她写长篇，他为什么会感到丢人？他们不是最亲近的情人吗？

"这说明你的女人很优秀，你该高兴才是！"艾静抿起嘴，尽力不让不快的情绪显露出来。

"哎呀，真是，你都写长篇了，我还没有写呢！"

艾静想起不久前的一次闲聊。韵桐跟她说起他获奖的一篇小说时说："我可知道小说怎么才能写好了！"

写散文的艾静，根本没有写小说的经验。听了这话便像遇见握有一把能打开小说世界之门钥匙的人，自然而然地接了句："怎么才能写好？"

当时，服务员端着一盆热腾腾的水煮鱼走来。水煮鱼上面浮着一层红红的辣椒，浓浓的香气扑鼻而来，冲击着人的食物神经。

韵桐说："如果世界上没有辣椒，我们胃口该有多么不幸！这是上天给我们味蕾的恩赐！"

"就是！"艾静应和着，心却像摔到了地板上，失落极了。

韵桐并没告诉她小说该怎么写好。也许服务员上菜时，她的提问被他忽略了。

"你还没告诉我呢,小说怎么才能写好?"

"哈哈哈,这儿的水煮鱼味道就是正宗!快趁热吃!吃!"说着,韵桐夹起一片上面还撒着些许花椒的鱼片,就往艾静嘴里送。

"小说怎么才能写好"这个问题韵桐终于没有给出答案,艾静也没再追问。

艾静拿起刀子去切牛排。由于用力过猛,刀子切到盘子上,发出刺耳的声响。

"小心!小心!"韵桐说着,接过艾静手里的刀叉。

艾静靠在沙发上发着呆。方才的幸福感被耻辱代替,自己不过是他不花钱就能玩到的泄欲工具,他并没有真正地把她放在心上。

韵桐的话音打断了她的冥想:"你从没有提过你的生活,三年了,你从没说给我听。但我发现,你好像并不幸福,可是为什么呢?"

"吃吧!"艾静把叉上的牛排塞进韵桐的嘴里。看他咽下后,艾静默默地拿起刀叉,接着去切牛排。

韵桐没再说什么,他们间的气氛一下子凝滞起来。只有大堂里的小提琴手拉出的舒伯特的《小夜曲》舒缓的旋律,在他们间飘来飘去。

"羞耻是别人给予的伤口,是我们坚持的结果。"兰梅的话不知为什么在此时在艾静耳边响起。

我太过敏了。艾静有些自责。

"即使你不在身边,一想起你我都会有感觉。"韵桐的杯子停在半空许久,偏头望着她说,"你是我心里的,血液里的。"

艾静望向他。刚才感觉他那么远,一句话,她感觉自己的眼睛不知被谁调节过,把远方的那个人又拉近了些。

女人其实也挺没劲的,有时男人的一句好话,他的所有"前嫌"好像都被覆盖或删除了。

见艾静无动于衷,他问:"你怎么了?不舒服?"

艾静抿嘴一笑,摇摇头:"时间不早了,我该回家了。"

"现在就回?你别骗我了!傻傻,你是不是真的不舒服?"韵桐一脸严肃,关切地端详着艾静。

他们每次约会，掌握时间的人几乎都是韵桐，他的理性虽让他们少了过度随性的快乐，也少了不理性会造成的种种危险。

Chapter 61

那晚从咖啡屋回来，艾静就把手机关了。

她有些生韵桐的气。她不知道自己那样爱着的一个人，为什么给自己存了那么多小心眼儿。在写作上她远远不是他的对手，她也从没想过成为他的“对手”。她只是想打发无聊的时间，让自己有点事做。

他有地位，有家室，还有她这么一个把身心都交给了他的情人，他什么都有了。可她呢？她除了以文字为寄托，还有什么呢？就这，他为什么也不成全她呢？

艾静把手机关了。而且一关就是好几天。也许是赌气，也许是一种无声的抗议。除此之外她又能对他做什么？只是，关机的那一段时间，她总会想，他联系不到我会怎样呢？是无所谓，还是急得几近崩溃。有几次她几乎就要把开机键按下了，最后还是忍住了。她把所有心怀敞给了他，他却不这样做，她不能谅解他。她甚至发誓，若一段时间内他不表态，她就永远把这个人从自己的内心删除。因为，一个口口声声说爱她，内心里却只有他自己的人，已不值得她把自己再像祭品一样献给他。

人和人是这样不同，艾静常常是通过爱别人而爱了自己；有的人，却是通过爱自己而达到爱别人的目的。艾静内心里的这份痛苦可想而知。

一周后，艾静打开邮箱。看到那么多邮件，都是韵桐发来的。

我

这个没落的中午,我在想你,这是个喧嚣的地方,我的表达显得奢侈而宝贵。太累的时候,就想给你说一声,听听你的声音,就像得到的兴奋剂,动力和亲和力都有了。

是我

今天天气灰蒙蒙的,像要下雪的意思,我就知道你的心情不一定好到哪里去。想陪你的,发了许多短信,打了多次电话,你却关机了。现在是中午,不知你在干什么,如果你开机,想一起去书市看看。然后,再去看场电影。

无题

一天都坐在桌前赶稿子,心里不得安宁,因为你就像我的魂儿,收不住。想着,你现在是不是走在街上,在人群中穿梭,后面紧紧追逐的,是我渴望的眼睛和爱情。

梦幻

此时此刻,我的女人,你在干什么?恍惚中仿佛在清晰的梦里,闻到女人秀发中清幽的芳香,整个的身子沐浴在温暖的目光里。我感到作为一个男人,真是无愧忙碌地活着。

是中午的我

想你,想你那天穿着柔软而清爽的衣服,很想拥抱你到怀里,慢慢地亲吻你的身体,让我的全部感觉,陶醉在你的体香里。

这几天事情很多,一直为所谓的"工作"在忙。想来都感觉可笑。

在哪里啊?静!给我发短信吧!

现在是晚上10时啊。你哪里去了,坏东西,想撕碎你。气死我了。

艾静痴痴地愣在那里,泪水像断了线的珠子。她为自己的行为后悔了,也许她误解了他,她恨自己。那一刻,她有些鄙视自己了。

她在草稿箱里写道：

无题

我陷入一种震惊，更准确地说是“震慑”中。与此同时，一种无以言说的动容把我拖入温润与潮湿的泥沼。天呀，我遭遇了什么？天呀，在这样的遭遇中，面对着给我这样遭遇的你，我还有什么不能舍弃和丢开的呢？

虽然不是中秋或上元，只是这几天的月亮圆得让人不敢直视。于是，我常常让自己的眼睛迷离起来，好不让什么碰疼。像在无数这样的日子中一样，想起了白居易的“山寺月中寻桂子”。虽然所处不是山寺，在月明之夜我还是喜欢在阳台上抱膝坐着，那斜落下来的幽幽小影犹如桂子，久久地就落在那儿。我想到两个字——凄美！我照镜梳理自己时，也很容易想到这个词汇；有时，我爱抚自己到一种至极佳境时也会想到这个词汇；有时……（亲爱的，我哭了……很长时间，我都不能，把自己整理好）

想起除夕之夜你的信息：“在同一座城市，却听不到同一声鞭炮”。这样接下来，也可以说：在同一座城市，却看不到同一个月亮，沐不到同一片月光。想起了那日给你的信息：“相思，是一朵盛开的盐花，美丽而苦涩；相恋，是拣拾了一枚五百年前的船票，让人在一种迷醉中把传说变为现实。”再拾来一些别人的句子：为伊消得人憔悴；情到深处人憔悴；情到浓时人憔悴；斯人独憔悴。亲爱的，在那个你声声唤静的夜晚，我好像第一次看见了你的憔悴。

其实，你声声呼唤的这个女人，又何尝不在每时每刻为你憔悴，又何尝不在为你的憔悴中声声呼唤着你呢！其实，她近三年来的酣睡、失眠、快乐、忧郁、幸福、悲伤、欣喜与痛苦都和你有关！你知道吗？其实，你声声呼唤的这个女人，是以怎样的一种坚强承受着在心中对你的声声呼唤，而又得不到你应声时的折磨！

艾静保存了草稿。没有发给他。

她打开了手机。积存了多日的短信息一下子蹦了出来。

她把电话拨过去。那边传来“喂喂喂”的声音，焦急而兴奋。

“我爱你！”她说，“我好爱好爱你！”她也不怕在外面忙碌的林阿姨会听到。她的内心从没像现在这样拥有力量。

那边，他的声音听上去很低沉，只有气息急促而有力地透过来。艾静好像感受到了他。

“哦，我在开会，回头我——打给你。”

艾静放下电话多时，仍沉浸在不能自拔的兴奋与柔情中。那一刻，她感觉自己身体里所有细胞的嘴都张开了。为一个爱自己也让自己爱的人，无论做什么，她都心甘情愿。

作为一个曾经与死神擦肩而过的人，作为一个曾经的情感“病人”，她最有理由再一次为一个爱自己的人献出一切。

我这是怎么了？艾静好像从一场梦里醒来似的。

她端起杯子想喝咖啡，却发现杯子是空的。这才想起自己并没有倒咖啡，倒是林阿姨端来的早点还放在身边，只是早冷了。

Chapter 62

还在昏睡中,艾静就听到屋外人们走动和搬东西的声音。

“就让豫锋睡这儿,多不舒服!”艾静第一次听阿秀这么大声说话。这也是第一次她和田野说话没用当地的方言。好像是有意说给谁听的。

“他一个大小伙子,在哪儿睡都一样!我像他这么大时,为了讨生活,我住过四处透风的工棚,为了省几个钱,还住过火车站、立交桥底下!”

“谁让你偏着她,让她一个人住一间屋子,宁可让咱们的宝贝儿子受屈!”儿子要来,阿秀好像有了助威的同盟军团似的,说话时的底气也足了几分。

“闭嘴!你再说就给我滚出去!”有什么东西比田野的吼声还尖厉地在地板上摔响了。随即那间卧室传来“砰”的关门声,接着是哭声。

把窗帘拉开,艾静没有看见映在河堤上光秃秃的树木间的阳光。好像受到暗示一样,她的心一下子沉下去了,去找抗抑郁的药物。心想,今天再吃它时一定要加大药量。好像是救她于深渊的稻草,让她在无望的忧伤中看到一丝通向出口的亮光。一想到肚子里还没有决定好是不是要的孩子,她又忍住了。这种药物,也许对胎儿有影响呢!

艾静洗漱时,田野出现在她的身后。艾静望着镜子里的他,他那双混浊的布满血丝的眼睛也在看她。腰被他的双手环住了。耳边传来他有些沙哑的声音:“让你受委屈了,我的宝贝儿!”

你让这屋里的每一个人都受了委屈!艾静用那双会说话的大眼睛深深地瞥了他一眼,嘴上却什么也没说。

他的手移到她胸前时，搂紧了，头深深地埋进她的颈窝。

只是一瞬，艾静挣开他说："你怎么这么没记性！"

"他非要来，说不放心他的妈妈，我也不好阻止！他个性倔强，他要是惹你生气了，你一定要告诉我，我揍他！"田野说着在她脸上亲了一下，松开了手。

"要不，我搬出去吧！"艾静定定地望着他说。

"那哪行？你也是我媳妇！"田野扳过艾静的肩，盯着她说，"谁敢动你一个手指头，我就把谁赶走！看你，最近又瘦了，多吃点！"

门铃响了。田野放开艾静走去开门，在门口，还向艾静这边望了一眼。

"这小子长这么多高了！那次来时才这么高。"林阿姨一手接过田豫锋脱下的防寒服，一手在自己的胸口比划着。

"可不，多少年没见了！"田豫锋说着打量着客厅。

他个头不是很高，可身上穿着那件深灰色的毛衫却长过了屁股，上面乱拼着一堆有各种颜色的英文字母，深蓝色的牛仔裤长长的，脚跟处被踩出了白色的毛边。他长得既像父亲又像母亲，眉峰与高挺的鼻骨中间的眼睛深深的，在眼镜下闪着他这个年龄少有的精明而成熟的光彩。看上去，他还算帅气。

和父母亲热了一番后，他走到了艾静的面前。他的双手松松垮垮地插在牛仔裤袋里，歪着头，围着艾静转了一圈。艾静穿了一件彩条格子的线衫，下身穿着一件亚麻的白色休闲裤，长长的头发披到了臀际，拿一方素色发带在头部拢着，落落大方而又不失青春。

"这就是传说中大名鼎鼎的我老爸的干女儿了？比我想象的还漂亮，要不然我老爸会那么喜欢！好像你比我也大不了几岁，那我就喊你艾姐姐好了！"他嘴角向上玩世不恭地翘起来，似笑非笑。

"你小子，怎么说话的！"田野生气地在他头上拍了一下！

"那你让我喊她什么？"田豫锋毫不示弱地冲父亲喊着。

"就叫阿姨，懂不懂？"

林阿姨走过来拉他走向沙发，说："来来来，一路上也够累了，歇会儿吧！”

阿秀坐在儿子身边，掸着他身上的灰尘说：“你坐飞机来的，怎么身上还蹭得这么脏呀？”

艾静走回屋里，打开电脑。因为，她实在不知道自己该做些什么，心里七上八下的，好像有许多人在里面来来回回地走。

飘雪了。雪花在风的吹拂下狂舞着。

有敲门声，随后林阿姨端着一盘早点进来了。

“我给你熬的乌鸡汤，好好补补身子吧！”把托盘放到电脑桌上的同时，她说，“豫锋那小子，从小嘴就厉害，心却不坏！他说什么你也别往心里去。”

客厅里放着歌，是周杰伦的歌，声音大得好像要把屋顶震开。

“你小点声！”田野对儿子吼着。见儿子把脚伸在茶几上双臂别在脑后一动不动，田野走过去，把他的双脚掀到地上，电视的音量也调小了。

艾静努力让自己把心情转移到正在修改的《情感病人》上，这好像是她从半空中坠落时，唯一能抓住的东西。但此时，她感觉自己一点都不在状态。

若在过去，无论受了多大委屈，一想到还有一份爱，她的内心就会感到平衡。而且有爱，就有对未来的希望。可现在，她还能信什么呢？

Chapter 63

艾静去吧台煮牙买加咖啡时，看见田豫锋正歪在沙发上看张艺谋的新片。田野和阿秀似乎已经出门了,林阿姨也外出采购了。

见艾静走出来,豫锋只是用眼睛斜着看了她一眼,一动也没动。在艾静把适量的咖啡豆放到容器里碾磨时,他走过来,懈怠的动作中带着一股邪劲。艾静没搭理他,依旧有条不紊地碾磨咖啡豆。

“还够小资的！生活得不赖嘛！”豫锋从罐子里拿出一枚咖啡豆,翻来覆去地看着。

艾静没有看他。她知道,他是来为母亲雪耻的,他嘴里是说不出好话来的。艾静仍没理他,而是转身去吧柜里取咖啡炉,煮刚磨好的咖啡。

她的头发被田豫锋拉住了。

她偏过头来,不卑不亢地说:“请你放尊重些！”

也许是她的沉静,也许是她的不动声色,让豫锋有些不知所措。他的手放下来,嘴上却说:“你的身材好惹火呀,你不觉得跟着一个老男人太吃亏了？”

艾静燃起咖啡炉时，豫锋仍在那里喋喋不休地说:“你长得有些像女明星许晴,只是,你比她更单薄、更忧郁。就凭你的条件,你好好嫁一个有钱的老公,或再去傍一个更有钱的大款都不成问题。不用奋斗,一下子什么都有了！当你什么都有了之后,再做什么还怕没有鲜花、掌声和你那个层面上的男人？在有钱人当中,我老爸,连个屁都算不上。唉,你可真的是太亏了！”

“亏不亏还用你教我，不过你是否吃亏恐怕不止一个人对你说过吧？”艾静一边把刚煮好的咖啡倒在杯子里，一边撩起眼皮看了一眼双臂搭在吧台上的田豫锋。

若不流露出玩世不恭，他那张脸还真算得上好看，他是吸取了父母基因里最好的那一部分。

“你也来一杯？”艾静从柜里取出杯子，不容分说地给他也倒了一杯。

“有奶有糖，你随意添吧！”说着，艾静端着咖啡向自己的卧室走去。

豫锋想说什么时，外面的防盗门有开启的声音，他瞄了艾静一眼，便去门镜里看来人是谁。

“小锋呀，你还不到外面走走去，在你们那里可很难见到雪景呀！”林阿姨一边在门外拍着身上的雪，一边对豫锋慈爱地说。

“阿姨，等雪下厚些我再出去！”他接过林阿姨手里的东西，然后放到地上。

“你妈妈后天就做手术了！多陪陪你妈！别让她不开心，好不好？”

“知道了！我又不是小孩子，不为陪妈我还不来呢！”

他又看电视去了。

“艾静在吗？”林阿姨说的声音虽然不大，还是被屋里的艾静听到了。

“我倒希望她不在！”田豫锋唯恐艾静听不到似的大声说。

“她人挺好！你可不要乱闹，否则，你爸不会饶你！”林阿姨仍压低声音说。

艾静把窗子拉开了。风卷着雪花，像等久了的一个约会似的扑面而来，又像一个个冷冷的吻，把她的脸都刮疼了。

这家真没法呆了！艾静想着。卧室的门被风吹开了，她都不知道。可是自己能去哪儿呢？肚子里还有个孩子，还没有处理呢！

她知道自己是这个家庭的“入侵者”，她的出现打破这个家庭父母及孩子这一稳固的三角形格局。虽然没有她，可能还有另外的女人，现在不幸的是，她是这个家的“入侵者”，使他们之间的关系复杂而微妙。

“哎哟，你身体这么弱，你会吹病的！”林阿姨赶了来，一边拉开艾静，一边把窗子拉上。

“这屋里冷得都像冰窖了！”林阿姨从柜子里抱出毯子，扶艾静躺下。而那一刻，艾静却望见豫锋抄着手站在门口，歪着头，漫不经心地望着眼前的一切。

Chapter 64

艾静回到房里，浏览收藏在邮件箱里的旧稿。无意中翻到了四个月前为韵桐写的心情文字：

逃，或者更爱

“当你登临我的舞台，我站在麦秸痛苦质问的芒上，两手空空。”

一行关于爱情的文字，被捕到我的网里。以至我怎样回避，也无法摆脱。它们就那样顺着我的视线，往心房里钻。直到我痛苦地捧着自己的心，无处躲藏。

这一刻，我想到了母亲，如果还能缩进她的子宫该多好。她的温暖能一直包裹着我，到有一天碰到能托付一生的那个人，再把我生出来。那时的我，就是一堆新泥，没有任何人碰触过。母亲在把我捧给那个人的同时，我全部的历史，也在他的塑造与佑护中开始了。

我又逃避了。上高中时，能帮母亲扛起20斤大米的我，如今却扛不起几十个文字。

多年以前。大年初一的早晨。我穿着新衣走到院墙外。空地上，除了厚积着除夕之夜所有的喧嚣，没有一个人。就在我低头拣拾一枚没有炸响的鞭炮时，拐角处有人私语：“这女孩挺俊，咱们偷了她吧！”就在我下意识地抬头时，看到三个大男人向这边走来，我本能地逃了。

“逃”也就是从那时起，我所学会的保护自己的最好的方式。

这噩梦般的经历，也让我很少能去争取属于自己的东西。静静地等待着，用那句“是你的推也推不掉，不是你的求也求不来”安慰自己。有时，快乐和幸福已走过来，只要我伸出手，就能牵住。但，我会想，若是我的，它会堵住我的后路，让我无处可逃。

虽然不止一次地想到死，把整个屋子当成棺材，把楼上走动的声音当成是钉棺材钉的声音，但我还是活了过来。一个人死的勇气都有，为什么没有勇气生呢？为什么不能直面往死里逼你的人性之恶？

当我走过来之后，才知道，其实每个人都挣扎在凶险密布的路途上，没有一个人比你更好。过去我一直认为的美好，只是看到了鲜花，而没有看到鲜花下面被伪装起来的陷阱。而如今，若谁来握我的手时，我已担心他会不会把脚踢到我的膝盖上。成长，痛后思痛，其实成长的过程并不美。

再说爱情。虽然经历了这么多，依然相信；也许正因为经历了这么多，若遇到了以心相许的人，才愿与之惺惺相惜直到爱至成伤。

爱至成伤。文字间一束美丽的花。它是真爱至极时的一种境界。当看到舞台那端的那个人能更好一些，自己宁愿站在麦秸痛苦质问的芒上，然后空着两只手，退出那个洒满真情的舞台。然后在余生里，与回忆相约。

《逃，或者更爱》写完后，艾静并没有发给韵桐。而现在没有了更爱，甚至连爱几乎都被凛冽的寒风裹挟去了。她只想逃。可自己一个柔弱的小女子，又能逃到哪里呢？

近乎与世隔绝了四五年，她不知道自己还能不能适应这个无常的社会，除了偶尔写点东西，她都不知道自己能靠什么生活。

就在这篇心情文字写过的两天后，有件事就以意想不到的方式发生了。而艾静与苗韵桐的关系，也就从那天起变得更加微妙起来。

Chapter 65

那天是艾静27岁生日,一大早她就接到了俊伟的祝福短信息,并表达了邀请她一起吃饭,为她祝生日快乐的意愿。

多年没有联系的俊伟,在这一天终于出现了。艾静在责怨中感动着。责怨是因为俊伟没有回答她的疑问,如果他当年不突然那么冷淡地对自己,也许就没有艾静现在的经历。感动是这么多年他仍没有把她忘记,甚至是她的生日。

艾静没有赴约。因为田野为她安排好了一切。她不想让田野伤心。

从西餐厅出来,田野说:"上次送你的那个钻戒我很少看你戴,也许你嫌它显得不够阔气。我想送你一枚中意的,咱们去友谊商场挑一个去!"

"算了,你知道我对物质上的要求从来都不高!"艾静虽然嘴上这么说,心里还是很感激。好像没有哪个女人能拒绝男人对她的心意。除非那份心意重得她无法扛起那里面包含的内容,除非那份心意不是出于他的真心。

"咱们在一起这么长时间了,你是生活在内心和精神里的,我怎么能不知道?别的女孩子可不是这样。你越什么都不要,我越过意不去,觉得你跟着我太受屈了!我昨天又在你的账户里存了五万块钱,你赶明儿到银行查一下,是不是到账了。"田野动情地说。

他还能那么实心实意地为她着想,这让她感动。这也是艾静难以从他身边走开的原因。他心里有她、在意她,才会全心全意为她着想。

而田野,艾静从未对他提出什么要求,他却总想为她做些什么。一来他不愿这么美丽善良的女孩跟着自己受罪;二来她不要求他,他的内心便缺

少了一种被需要的安全感,越想以对她好来感动她、留住她。

几年来在一起生活的日子,他已明白艾静是不能用物质收买的,善良的她却容易被感动的。她能被他感动,就能因这份感动而留在他身边。

商场里的人真不少,金饰品柜台前的顾客却寥寥无几。这里属于高档消费区,不菲的标价,让许多顾客连短时间驻留的念头都消失了。

“这一款咋样?”田野指着铂金上镶着一颗大钻的钻戒说。它的花色很简单,却很新颖、雅致。

艾静看到它的标价是 12 万。不由得倒吸了一口凉气。

“别看价格! 只看喜不喜欢! “田野搂住艾静,疼爱地凑在她耳边说。

“不过,是不是太贵了……”

“我有一个理论,不会花钱的人就不会赚钱!钱只有花掉才是钱!再说,有时为了得到一笔生意,为了打通那些有权位的官员,或让工商税务等部门能高抬贵手,我花在他们身上的钱,远远不止这个数!”说着,田野招呼着柜台小姐,“拿 999 号钻戒给我看一看! ”

当钻戒戴到艾静修长白皙的中指上时, 钻戒好像被赋予了生命一样,显得更加光彩夺目。

“我还是觉得——”

还没等艾静说完,田野便在艾静脸上亲了一下,说:“12 万,12,谐音是要爱或十全十美的爱,很完美! 就是它了! ”

田野去收银台付款,只留下艾静一个人站在那里。

艾静想从那里走开,当她向收银台张望时,突然在人群里发现了一张熟悉的脸。那人也看见她了,是苗韵桐。韵桐那张通常是红光满面的脸,此刻却煞白得有些变形,嘴张着,眼睛睁得大大的,满是疑惑和不解。

也只是一瞬间,他就拉着一个女人走开了。那个女人长得不丑,整个人看上去却没什么气质。也许她不太懂穿衣的品味,臃肿的身上穿着一件紫底白花的连衣裙,把她身材的缺陷完全暴露了出来。那个女人就是他的妻子吧。

艾静像被谁剥光了衣服,被众人戳戳点点。而且最难堪的是,被苗韵桐看到了她和田野的那一幕。她感觉有冷汗顺着脊背沟直往下流，她的腿都软了。

她不知自己是怎么等来田野的。当时田野搂着她，满心欢喜地把那枚属于她的钻戒，再次戴在她手上欣赏着。艾静不想扫田野的兴，只是，她作为女人的尊严却都丢了。她不知将来怎样面对韵桐了，他会把她看成什么呢？

在小说里有太多巧合，会让人感到故事不很真实。但是，生活里确实有许多巧合，让人感到不可捉摸、不可思议、不可理解。

这时，也许只有一个解释，一切好像都是上天安排好的，来捉弄或考验毫无防备的人们。

上了田野的宝马车时，田野好像也发现了艾静情绪的变化，问："你好像不开心，不喜欢它吗？"

艾静强挤出一个笑意说："你能对我有这样一颗钻石般的心，我感动还来不及呢！我只是——头有些疼，觉得太累了！"

田野摸了摸艾静的脑门说："嗯，好像有些热，你到后排的座位上躺着去吧，我开快点。"

半躺在后排座位上时，艾静把手机关了。她不知道，万一被韵桐质问，她不知怎样作答。她不知道，韵桐会以怎样的心情面对被他窥见的几年来她从不对他透露半点风声的秘密。

不到两分钟，艾静又打开了手机。她想自己没有必要这样逃避他，他曾对她存了那么多私心，她都原谅了他，一如既往地爱他。

在他们交往的几年中，他从没给她任何礼物，他曾问过她生日，却连个祝福的信息都没发给她，更别说那些浪漫的情人节、七夕节了。女人都愿意被男人宠，艾静也不例外，物质并不重要，重要的是那里面寄托了他全部的心情。

不出意料，刚到家，韵桐的信息还是追了来。

“难以想象。你！”

艾静握着手机痴了半天。不知怎样回答。

“说话呀！你！难道你不对我说你的事，只是想守住你种种见不得人的真实？虽然我没再追问，我却不能不对你有种种猜想。在我的所有想象中，有多种多样，却没有我今天见过的这一种。你是什么人，你是什么样的女子？难道几年来，我那样想着的一个人，都是我臆想中的？我有种从没有过的受伤！很深很深，像一口伸向宇宙的井，望不到尽头。”

韵桐的短信一条条发过来，组成了一段完整的话。

艾静失落到了极点。她不知道是由于没对他透露半点风声而受伤，还是由于他为她傍着一位有钱的男人而自尊心受损。她的心里很乱，不知该怎么对他解释，更不知要不要解释。

我站在布列瑟农的星空下

而星星，也在天的另一边照着布列勒

请你温柔的放手，因为我必须远走

……

《布列瑟农》几乎被手机唱了一整遍，艾静仍置之不理。而田野在屋里走来走去，她又怕他起疑心，便把手机压到枕头底下！

“你怎么不接电话？谁的？”田野还是走了来，好奇地问着。

“拨错的。”艾静说着，走到电脑前打开了电脑。

艾静每每坐在电脑前，田野就会知趣地走开。几年来的相处，他已经知道艾静写字时不愿有人干扰！这回他却粘在她身边，又不好把他轰走。

“你不会有什么事情瞒着我吧？我对你有多好你不会不知道！”田野站在艾静面前，脸色铁青。

"我瞒你什么呀？不就是有打错的电话我没接吗？我不愿说话，我不舒服难道也有错？"艾静辩解着，内心变得极度虚弱。男人为什么都那样自私，不但想管住女人的身体，还要管住她的心情、她的行为乃至她的思维。

电话又响起来，好像是对田野的示威。

"你竟然还把手机藏到枕头底下，若没什么特别的事，有这个必要吗？"田野眼疾手快地从枕头下面把手机拿出来，想揭谜底似的按下接听键。

艾静后悔没有把手机关闭。她的心凉到了脚跟儿，心想，这下好了，一场恶战逃不掉了！

田野把手机递给艾静。

艾静不知他葫芦里卖的是什么药，接过电话，听筒里传来一个女人的声音。

"哎，寿星老儿，猜我给你买了什么生日礼物？"是兰梅兴奋的声音。

艾静瞪了田野一眼："哦，我哪知道，你总是能给我意外的惊喜！"

田野灰溜溜地从艾静身边走开了。

那一刻，艾静非常感谢兰梅。

Chapter 66

阿秀要住院了。一大早,全家人都为她准备住院所需要的物品。

豫锋挽着阿秀下楼。阿秀在儿子豫锋的怀里显得那么虚弱,而豫锋唯恐母亲脚下有什么闪失,一边连声说着小心,一边把自己的臂膀都揽给了她。

望着他们,艾静的眼睛一热,她突然想到自己肚子里的孩子若能长大,也会像豫锋那样,在自己最需要的时候,是自己的肩膀,是自己的依靠!

“小静,呆在家里等我回来后再收拾吧,你好好在家歇息!”林阿姨抱着着大包小包的物品跟在他们后面,还不忘回过头来对艾静嘱咐一声。

“如果需要我做什么,你就招呼我!”艾静对还待在屋里的田野说。像想起什么,艾静又说:“好像有一次你说,阿秀对我有一个什么要求是吧?”

“哦,我也不知道她想说什么,手术后回来再说吧!你好好地照顾好自己,别让我操心!”田野摸摸艾静的头,搂住艾静在她脸上亲了一下。门外,有脚步声急匆匆地传来。田野把手松开了。

“爸,还需要带被子吗?”豫锋瞥了一眼站在田野面前的艾静,没好气地问。

“不用了,医院里有!”

田野随豫锋走下楼时,还回头望了艾静一眼,好像在叮嘱她:“这些天照顾好自己呀!”

屋里只剩了艾静,他们的影子却到处都是。豫锋的衣服、袜子、书籍及阿秀换下的衣服、用过的物品,乱乱地扔得床上、沙发上、椅子上。

古时有位押解官押解一名犯人到京城问罪。每天早上醒来后，这名记忆力不太好的押解官所做的第一件事是就检查他所带的三件东西：文书、枷锁及犯人。这天夜里，犯人趁他熟睡后，便把他的头剃光后逃跑了。第二天早上，押解官醒后仍一成不变地检查他的三样东西：文书？文书在；枷锁？枷锁也在；犯人？哎，犯人呢？他疑惑地摸着自己的头，头光光的，他放心地说：“哦，犯人也在！”突然，他不安起来，到处找着什么，嘴里还念念有词：“那，那我在哪儿呢？”

艾静不知为什么此时想起这个故事来。他们虽然都离开了，可是他们都在，他们的物品都是他们的影子，诉说着他们在这里的绝对位置！而她，却不知身在何处！有一种发自内心的孤苦宛如冬日休眠的蟒蛇，冷冷地在她的意识里盘踞着，搬不动也移不开，让她无所适从。

都是这样，每当这时，她总是坐到电脑前，让自己的手指抚摸着键盘。

都是这样，每当这时，电脑就像自己的身体延伸出来的一部分。

人在孤独的时候，很容易想到性。也许只有性能让自己暂时忘掉或给自己安慰。只是，这种安慰也是暂时和短暂的，之后，会陷入比先前更深的忧伤中不能自拔。

还有那本《琴声如诉》，里面的每一个文字好像都是一粒能治她抑郁和能给她安抚的药丸。如果没有文字，她不知道自己还有什么。

邮箱里有俊伟的帖子。

“亲爱的，我回国有几天了。想见你，每时每刻。只是这次出行的专访、游记及总结，单位急要。我只能先把自己交给单位，再交给你。至于你问我的事——上学时我为什么移情别恋，见面时我会一五一十地说给你，那也是我心里的痛，什么时候想起来，都像是被蝎子蛰、被毒蛇咬了。对了，还有一个天大的好消息我会捎给你，只是现在留个惊喜的悬念给你，届时小心别乐坏喽！主编又在那边催，我得写稿了。等我，我心！”

俊伟的邮件没有给艾静带来多少快乐。对他除了学生时代的情谊之

外，她好像没有更多的感觉。其实，肚子里的孩子，没准也是他的呢！这又怎么样呢？这能说明自己爱他吗？

想到爱情二字，艾静好像被强电流击得麻木了的人，她多想自己还像以前一样，像信奉神圣的宗教一样膜拜它、敬慕它、渴望它、守候它。鲁迅先生说过，对于爱情，我们应该纠缠如毒蛇，执著如怨鬼！可是，它已把自己折磨得仿若一个病人，除了满身伤痛，不知吃空了多少盒治疗忧郁症的药品。还有一个不知父亲是谁，不知该不该生下的孩子。

手机又响了。

“干吗呢？亲爱的！”兰梅在电话那边懒洋洋地说。

“我还能干吗呢？”艾静说得很无奈。

“要不咱们喝茶去？”

“算了！我不想动！”

“你越不想动骨头越懒！”

艾静也想从这个家里走出去，只是兰梅肯定会问她的近况，现在家里乱成这个样子，她不知怎么说。一旦和盘托出，兰梅一准又会鼓动她从这里搬出去！搬出去容易，可是外面那个更复杂的世界又让她怎么面对？

“你的事处理得怎样了？”艾静问。

“我把卧底的事，跟李总实话实说了。当时我想，留与走我都认！没想到的是，他给了我原来的东家一笔钱，把事情摆平了！”

“就这么简单？”

“操作起来也不容易，但是，商界里有许多潜规则。我原来的东家还想在这个圈子里面玩呢，他也不愿闹得自己以后的日子不好过！”

“李总是真的爱你！钱，有时真是试金石，况且，李总为你付出的一定不是个小数目！”

“说得是呢！既然你不出来，那以后见面细说吧，我去找那个男孩做足底按摩去了！”

“是泡他去吧？”艾静逗她说。

“随你怎么说吧，我反正不想像你那样活着。怎么让自己开心，我怎么活！我告诉你，只有爱自己，才是一场恋爱的开始！也只有爱自己，恋爱才永远存在！失去个把男人根本算不上是损失，失去对自己的关爱，才叫灭顶之灾呢！”

“那你的现任恋人李总，若知道你的这些想法和做法会怎么想呢？”

“我干吗要他知道，况且这是我个人的私事，他有什么权力干涉！每个人的生命都是自己的，把自己短暂的花样年华交给另一个人掌控，不是傻子就是大脑进了水！”

“你又给我洗脑！”艾静的声音里透着疲惫。

兰梅说的这些，她都能理解，但自己怎么就无法洒脱起来！这真是拥有了某种观念是一回事，把观念转化为行动却又是另外一回事！

Chapter 67

也许是排解心里的积郁，或者是打发无聊的时间，艾静又打开了邮箱。

她看到了韵桐发来的邮件。那是在他发现艾静和田野在珠宝柜台前挑选钻戒之后发来的。失望和痛苦到极点的艾静给他回复了一封邮件之后，马上关掉了手机，一关就是两个星期。

当时她想，他既然不能给她体恤与理解，她也没必要再把自己的心给他了！没成想他却又发给她好几个帖子：

我

今早看到了你的文字，匆忙办事去了，但是，整个一个上午，心里十分烦乱，因为，你让我道歉！于是，我的脑子像车轮一样旋转着，旋转够了，我终于还是静下心来，做出了重大的决定，向我心爱的人，道歉。

对你，我还能说什么呢？该说的都说了。但是看了你昨夜的文字，我还是十分后悔，因为我那天的话着实伤了你的心，这是我不愿意看到的。我是太在意你，一直以来又把你想得太过美好，我不愿有什么不堪在你身上出现。

一段时间以来，我彷徨着、痛苦着，不知道干什么好。好在，前些日子，为老娘生病忙前忙后、单位里的工作，还能暂且分我的心神。

笑一笑吧，你把我骂得也够狠的，什么伪善、什么道貌岸然、什么……啊，你给我扣了一堆帽子，每一顶又大又重，压得我透不过气来。那我就戴吧，谁让我惹你生气了呢！

我

今天打你的电话，你仍关机，我很懊丧，心情很不好！让你生这样大的气，真是罪过！向你道歉吧，真的，请原谅。我这些天事情很多，忙里偷闲向你道个歉！看我的表现吧！好吗？

还是我！

怎么了？你，一百个道歉也不够吗？怎么还不开机啊！我真的后悔对你的指责了。是我一时无法接受你的生活，却不曾好好地设身处地地为你想想你这种生活背后的境遇。你是个好女人，你一定有让人心疼的经历。亲爱的，请告诉我，让我为你承担些什么吧！

你是我血液里的元素，我不能没有你！

韵桐非凡的想象力抑或文字里透露出的真诚，再度让艾静妥协了。她的心软了，又一次给了韵桐机会，更准确地说是给了自己机会。她需要有一个人在她的生命里想着她、念着她、抚慰她。她需要，否则，她太苦。韵桐好像也早已摸透了艾静的脾气，于是以情救爱。

他们又迫不及待地约会了。在他们第一次约会的那个情侣影院。那天他们都忘了带安全套，可是他们又无法克制疯狂膨胀着的欲望。当时艾静还想，也许不会这么凑巧吧！因为每月一次的“好朋友”刚离开不久。　　那是三个月前。之后，她便没有迎来让孕检试纸呈阴性的“好朋友”。医生说，用算安全期避孕的方法很不安全。她当时却没想到这一点。也就是这个月，她给自己这样的“不安全”避孕方式还有两次。只是，那时是和俊雄在一起。

Chapter 68

那张脸艾静总也看不清。他在艾静身上腻着，腻得她浑身燥热起来。艾静仍推着他，想看得更清楚些。可他的脸就像一张还没有在药液里完全显影出来的照片，或面庞只被画家勾出轮廓，细部特征还没来得及描摹出。

他喘着粗气，身上散发出的热气使她也觉得燥热。她想搂紧他，他却好像考验着她的耐性一般。

有声音传来，再真实不过的声音。艾静逼自己睁开眼，那张看不清面目的脸消失了。

是梦，而且是性梦。自己的心跳及屋外的响声却不是梦。她摸索了半天，才把台灯扭亮。又有一种担心升起来，怕惊动外面的闯入者，让自己处于危险中。

艾静光着脚走到门边，动作轻得像猫，压抑着恐惧屏住了呼吸，把门拉开一条缝隙。在小射灯昏黄的影子里，吧台前的凳子上有一个人正背对着她坐着。

是豫锋。艾静提着的心放了下来，但又有一种不安升起来了。他不是在医院吗？怎么又回来了。

豫锋好像听到了动静，回过头来。望见穿着裙式睡衣、露着一段光洁脖子、小腿和光着脚丫儿长发披散的艾静。他就那么望着她，眼镜后的眼睛细眯着。就在艾静想转身进屋时，他举起杯子，说："你也来一杯？"

艾静没理他，欲转身回屋。豫锋却快速奔过来，用胳膊架在门框上，挡住了艾静的去路。

浓浓的酒气喷到了艾静的脸上。他离得那么近，以致艾静都来不及躲闪。

“你喝多了！”艾静一边冷冷地说，一边推着他。

没有防备的豫锋身子晃了一下，又稳稳地站住了，把手里还有半杯黄色液体的高脚杯举到艾静面前说：“来一口！”

“躲开！”艾静威严地命令着。

豫锋把头歪了起来，脸上透出模糊的笑意，那意思好像在说：“你以为你是谁呀？跟我来这一套，我可不吃！”

“你想干什么？”艾静的眼睛睁圆了。

豫锋的笑意更加模糊，镜片后的眼睛也更加迷离：“我没想干什么，只想叫你陪我喝上一口！”

“没兴趣！我该睡了！”艾静再次用手推他时，他一把把艾静的手捉住了。还没等她想下一步该怎么办，他已把酒杯伸到艾静嘴边，扳起她的头往她嘴里灌。

措手不及的艾静被酒呛得几乎窒息，咳得几乎背过气去。她已明白，这小子早就预谋着整她，来为他妈出气。

豫锋大笑起来，笑得身子直抖，笑得艾静背上的毛孔一根根都竖了起来。渐渐地，他止住了笑，咳了两声清了清嗓子说：“我恨你，恨你们这样的女人。是你们夺走了我爸，夺走了我们家本应有的欢乐，让我从小就生活在你们的阴影中。就是你们让我爸对我少了关爱，对我妈除了钱，他好像再没有什么可给的。你，你们想过吗？想过吗？你们？你们设身处地地为我想过吗？在同学们面前我洒脱地要钱，维护着那一点可怜的尊严！可是，我用钱买了多少自尊，我的自卑就出卖了多少！而这些，作为你们，替我们想过吗？”

豫锋背转身去，肩膀有些耸动。他在抽泣，但他又不想让艾静看到，因此他过度地压抑着自己。

艾静望着他，心软了下来。这个可怜的孩子，竟因此背负了这么多不应背负的学习任务之外的东西。她不知怎么安慰他才好。她站在那里，就像站在庭审现场的犯人，被当事人指控她那些见不得人的糗事。

豫锋歪歪斜斜地向吧台走去。艾静本想把自己锁进屋里，任他闹去。她还是犹豫了一下，说："少喝些吧，你已经喝得够多了！"

豫锋偏过头，玩世不恭的笑意又模糊地浮现在他的脸上："怎么？你心疼我了？别他妈假惺惺了！你沾尽了我的便宜，再来告诉我你应该沾我的便宜，为什么来沾我的便宜？其实我告诉你，为了报复你，我玩了许多女孩子，我把她们每个人都当成是你！……"

"不可理喻！"艾静骂着便转身向自己的卧室走去。先前对他所有的怜悯与自责也都被他这番话一扫而光。她不打算再跟他多说一句话。

"干吗要走？聊聊！"说着，豫锋扯住了艾静的长发，直把她的发根揪得生疼。

"你乖乖地，要知道这屋里可就剩下咱们俩，若不听话你知道这会意味着什么！坐到沙发上去！"豫锋的声音虽然不大，字字却硬得像刚出炉的角铁。

看艾静站在那里瞪着他，一动不动，他又补充了一句："你该知道不听话的后果！你毁了我的生活，我毁你像拍死一只苍蝇一样容易！信不？"

Chapter 69

艾静坐到沙发上,抱过一个靠垫搂在怀里。她尽量让自己显得镇定自若。

豫锋在离艾静很近的沙发上坐下,把酒瓶放在身边的地下,打开了电视。除了喝酒,看电视,他半天也没说一句话。

“没事我就睡去了!”艾静站起身想离开。

豫锋则把腿横在茶几上,挡住艾静的去路。他把头一摆,说:“你还是老老实实地呆着!”

艾静心烦起来,她猜不透这小子究竟想干什么。

“你怀孕了是吧?”豫锋把杯里的酒灌进嘴里,然后眯起眼睛盯着艾静说。

他怎么知道的?这个家里我并没有告诉谁呀!艾静心里一沉,弄不明白他是从哪里知道的。

“你太八卦了吧,再说,我的事跟你又有什么关系!”为了打破僵局,艾静还是表明了自己的态度。

豫锋冷笑了一声,说:“真他妈的笑话,除非我不是这个家里的人,否则,这家里发生的任何事,不可能跟我没有关系!况且,明年毕业后,我就进入我老爸的公司,那会是我的产业!”豫锋说话的声音有些含混,但他的意识还是清醒的。

他从哪里知道我怀孕的事?艾静心里疑窦重重。

“你打算怎么办?”豫锋并不给艾静理顺思绪的机会,一步步紧逼。

“你别再信口雌黄了!再说,我也想再重申一下我的观点,我的任何事都和你无关!”艾静也不想对他有丝毫让步。

豫锋拿起放在地上的酒瓶对着嘴喝起来。

“哈哈,少来!我有足够的证据来证明此事的真实性!”豫锋把拿酒瓶的手臂搭在沙发背上。

“你喝多了!你歇吧,我也困了!”艾静把靠垫往沙发上使劲一扔,气愤地说。

“我的话还没说完呢!你想要那孩子也行,你先跟我签个协议,比如,放弃继承我父亲的财产!或者——”

原来这才是他的用意!艾静松了口气。只是,她仍想不通他是怎么知道的,因为自己怀孕的事,她从没跟这个家里的任何一个人说过,就连兰梅她都没告诉。

“还有一件事,我需要钱,五万块!你别说你没钱,这几年你跟着我老爸,他肯定给过你不少钱!”

“他在敲诈我!”艾静的脑子一下子涨大了,“我眼前坐着的是一个什么人呀?田野的儿子,田野怎么会有这样一个混账儿子!”

看艾静抿着嘴并不吱声,豫锋站起身坐到艾静身边,他身上浓浓的酒气逼得艾静胃里直翻腾。

“我也不瞒你,我把一个网友的肚子搞大了。那女孩把这事告诉了她的家人,她的家人要我出钱摆平此事,否则,他们就到学校把此事搞大!那样我的学籍都难保了!你这次若帮了我,我也许会考虑将来对你肚子里的孩子好些,哈哈,也就是对我未来的‘弟弟’好些!这也算咱们之间的一笔交易吧!”

“这事你应该找你爸说去!”艾静冷冷地说。

“我爸?饶了我吧,我惹了这么大的祸,他知道了还不敲断我一条腿!”

“你是个男人,你应该为你所做的事负责!真敲断你一条腿也不是坏事,这会提醒你别再闯更大的祸!这事,我可帮不了你!”

“也就是说,你不和我做这笔交易?”

“那是你的事,与我无关!”

听艾静这么说,豫锋一下子跳了起来,他一把揪住艾静睡衣的衣领,一条腿弯起来顶在艾静的大腿和小腹之间说:“也就是说你不为我想,也不为你未来的孩子着想喽?”

“松手!你弄疼我了!”艾静使劲推他,他的劲太大了,艾静竟没有推动他。

“那你也别怪我不客气！”说着他竟动手撕扯起艾静的衣服来。

“放手！你想干吗？”艾静推不动他，便去咬他的手臂。

“嗬，你竟敢咬我！”豫锋狞笑起来，声音干涩、空洞而绝望。他把艾静的手反剪起来，用衬衣绑住。

他撕下艾静身上的睡衣。艾静白皙的胸脯，由于怀孕而有些涨大的丰满的乳房及纤细的腰肢，在这个发了疯的男孩面前彻底暴露了。

艾静扭动着身子，脚不停地踢着豫锋，声音几乎喊得变了调：“抽什么疯呀你？你这样做对得起你的父亲吗？”

豫锋狰狞着，一边用手狂野地在艾静的乳房上胡乱地抓着，一边说：“去你妈的吧，你以为你是谁呀？你和我有什么关系？我就知道你伤害我了，伤了我的全家，你是个害人精、狐狸精，我所做的事是你应得的报应！”

艾静一下子平静下来，挤出一丝笑意来，说：“你来吧，你知道你若真对我做了什么，吃亏的还是你，等于我把你泡了！我泡了你还没花钱，你老爹还得给我钱！你那在床上没什么本事的老爸养着我，而我却泡着他年轻的儿子，我可沾光沾大了！”

听艾静这么一说，豫锋愣了一下，跌在艾静身上，肩膀竟一耸一耸地抖动起来。他哭了。他的哭声好像走在一条不太好攀登的山路上，一会儿有一堆乱石，一会儿出现陡峭的悬崖，一会儿又是一片荆棘。

艾静的双手已从绑着的衣服中挣脱出来，一阵心酸漫过堤岸，再也抑制不住的泪水也一涌而出。

而豫锋则像一个完全失去了战斗力的败将，脆弱地哭得像个孩子。面对伏在自己怀里的他，艾静不知是该打他、骂他抑或安慰他。她还是推开了他，把自己反锁在卧室里。

Chapter 70

第二天，艾静起得很晚。林阿姨也好像起床后就到医院去了。

艾静走向卫生间时，面色灰暗、眼圈发青的豫锋冷冷地朝她走来并扔下一句“咱们的事还没完，今晚我还回来！”便摔门而去。

艾静感到颈部有些疼，便向镜子里看，那里有一道长长的血痕已凝结。她撩起衣服，看到自己乳房上及肋骨处有多处青紫色的瘀痕。

而镜子里的女人，脸色苍白，眼睛红肿，长长的头发凌乱地披在身上。

“咱们的事还没完，今晚我还回来！”天哪，这个豫锋简直疯了！很像一个走火入魔的小魔头，那股邪劲儿就在他体内横冲直撞。这样想来，今晚会比昨晚更不好过。

艾静坐在沙发上。从国外回来不久的俊伟坐在对面的床上，望着艾静。窗下有一个不大的皮箱大大地敞开着，里面是艾静的衣物和日用品。

“你不打算回去了？”俊伟攥住艾静冰凉的手，声音里透着浓浓的关切。

俊伟瘦了些，脸上的楞角也更加分明起来。俊朗的眉宇间，透着成熟的儒雅与经了世事后的坚毅。他已经很像他的哥哥俊雄了。除了眼神不似俊雄那样精锐与飘浮以外，其他的都像。

“是吧！”昨夜的一切又浮现在艾静眼前，那浑小子的话语又回响在艾静耳边，她把视线投向窗外，努力让自己把注意力从那种不堪里跳出来。

“那你就在这里住着吧，宾馆的老总我认识，你想住多长时间都行，我在报上给他们写一篇软文就行了！只是——”俊伟沉吟了片刻又试探着问，

“只是，这里不是我的家呀！要不你搬来和我同住？”

“还是让我先清静一段时间再说！”艾静把手从他手中抽了出来。

俊伟走到窗前，看到皮箱里露出一个病历本，就顺手拿起并翻看起来。

艾静想上前阻止，但已经晚了。

“怎么？你怀孕了？”俊伟吃惊地望着艾静。

“你不是都看到了？”艾静面无表情地说。

“是我的孩子吗？噢，从时间上算来是我的孩子，是咱们的孩子。”

俊伟在艾静面前蹲下来，抱住艾静，眼睛紧紧地盯着她温柔地说：“一定是我的孩子！嫁给我吧！”

“若不是呢？”

俊伟先是愣了一下，沉吟了片刻，坚定地说：“不是我的我也要，是你的就是我的！我会像疼你一样疼他！以前，我让你吃了太多的苦，也该好好将功补过了！”

艾静心里一阵发酸，问着：“我只是不明白，上大学时，你为什么——”

俊伟双膝跪在艾静面前，脸埋在艾静的双腿间。

“那时，那个时候——”俊伟的声音痛苦而艰涩，“我真的不愿说，可你问了我那么久。我不说，是怕对我哥的背叛，他毕竟不在人世了！但我又不愿让你伤心。”

沉默了许久，他终于开口了：“我们哥俩出生后，由于我的父母工作都很忙，没有精力照顾我们哥俩，从第三个月起他便被寄养在一个远房的亲戚家，因为那个亲戚家里没有孩子。

“那个亲戚在带孩子方面没有一点经验。我哥到他家后就一直生病。三岁时还生了一场大病，得了肺炎，引起肺部大面积感染积水，最后差一点死掉。抢救了好长一段时间才救活。我的父母过意不去了，把他接了回来。自从他被接回后，好像是补偿似的，父母对他的关爱好像总比我多。

“我后来一点点懂事了，也知道了哥哥小时候的经历，总感觉是由于自己才让他遭受了那么多的不幸，再加上我心怀歉疚的父母总说你哥哥活下来多么不容易，遇事总让我让着他。

"那时，那个时候，我哥对我说，他说你的气质跟他接触的许多女孩子都不一样，还有你那曼妙的身材，非常有型。他说他看中你了，希望得到你！

"如果是别人我肯定和他去争。可是他是我哥，我从来都是让着他的，只要他想要的东西，我都会主动放弃，虽然有时是那么不情愿！"

艾静木然地坐在那里。他放弃的不是衣物，也不是用具，而是一个他深爱着的女孩儿。他的放弃间接地使她的一生混乱不堪，从一个纯情的对爱情充满美好想象的女孩子，成为一个"情感病人"。面对这样一个心地善良得几乎失去原则的他，艾静真的不知该说些什么。因为，在这个过程中他承受的痛苦并不比自己少。

"我知道你恨我，一直都恨！可是，你知道，你是我的初恋，你一直在我的心灵最深处，是我生命的一部分，除了你我从没有爱过别人！一想到你和另一个男人在一起，我的心就像被剜了一刀似的疼。他毕竟是我的哥，也是我最爱的人！这么一想我就稍稍得到一些安慰了！你离开我哥后，我从没停止过寻找你！只要看到有你的文章发表了，我便与那家报刊或杂志社联系，希望找到你。也许是老天开眼，一年前让我终于找到你了！可是你并不想见我，让我在自责与忏悔中痛苦着。半年前，若不是我哥哥检查出得了那种病……"

"别说了俊伟，别说了……"艾静不想再听。

泪水从艾静脸上爬下来，滴到俊伟浓密的发间，俊伟抬起头来，棱角分明的脸上也都是泪水，把艾静的牛仔裤都洇湿了。

"不，你让我说完，我已压抑得太久、太久了。"

艾静抱住了俊伟："你起来，你起来说吧！"

"不，你不说原谅，不答应我娶你、照顾你们母子，我就永远不起来！而且这一跪，也是我替我哥给你的！我哥给你带来那么多的伤害，他临终前，你还是去看了他！"

艾静的眼睛模糊了。

Chapter 71

四个月前，艾静终于答应俊伟去医院探望俊雄。

四年后再见俊雄，艾静内心的那种复杂情绪无以言说。她现在这种境况，虽然和她自己的性格有关，但和他也不无关系。是他在人生最关键的那个路口，把她引向了一条充满坎坷和荆棘的歧途。

在医院的重症室里，艾静见到了躺在病床上的俊雄。她愣在那里，眼前的俊雄全然没有了当年的英气和健壮，瘦得好像只能看到骨头。

所有的怨恨，在那一瞬间好像都被肢解了。若不是旁边的俊伟喊着"哥哥，艾静来看你了！"艾静无法认出眼前的人就是给过她那么多伤害的俊雄。

俊雄的眼睛直勾勾地使劲盯着艾静，想欠起身，对艾静的到来表示感谢。

俊伟扶住了他："哥——"

俊雄闭起眼睛，把脸转向一边。

"哥——你想见艾静，艾静来了，你却——"

俊雄再次把脸侧过来时，满眼都是泪水。

"静，静呀，我，我对不住你！"他把手朝艾静伸过来，又缩了回去，"瞧我，得了这种见不得人的病，别人躲还来不及呢！"

"哥，你别这么说，艾静不是那样的人，她一听说你病了，就马上赶来了！"俊伟握住哥哥枯瘦但形状仍很宽大的手。

"我被感染了 HIV，身体的免疫力差不多都被摧毁了！也许是上天对我的报应！当初谁让我对这么好的你没好好珍惜呢！"

"哥——"

“你，还好吗？”俊雄望着艾静说。

“还好吗？你呀？”俊雄又把手伸向艾静，看艾静站着没动，他的手就那么一直伸着。

“握手不会传染的！”俊伟在艾静耳边说。

那一刻，善良的艾静还是伸出自己的手，俊雄一下就把她握住了。

“谢谢你能来，我是一个将死的人，谢谢你来看我，了却我最后的心愿！”

这双手，这双曾抚摸过自己的手，那样冷。这双手，这双曾无数次爱抚和给过她无数次伤害的手，像被严冬剥去了鲜活生命的枯枝一样，那样坚硬，把艾静的手都硌疼了。

面对这样一个曾与自己有过肌肤之亲而又即将离开人世的男人，她已不再吝啬自己的同情与悲悯，所有的恩恩怨怨，在一个将逝的人面前，好像也不足一谈。艾静的视线变得模糊了。

“静，我对不住你，你是个好女孩，一直都是，一直都是！是我要得太多了，没好好珍惜你！俊伟，俊伟——”

他用眼睛去找俊伟：“俊伟，以后你好好待小静，把我欠小静的还给她，把我没尽到的责任尽到！就算替我还债！你一向听哥的话，小弟，求你最后再听哥一次！”

“哥，你放心吧！”俊伟把头低低地埋下去。

护士走了过来，把俊伟和艾静叫到病房外面警告说：“病人不能多说话，他的心肺功能已经受不起大幅的情绪波动！”

“静，小静——”室内传来俊雄急促的喊声。听上去，很像一个坠崖的人，拽着一棵很难承受起他重量的树枝时让人心碎的呼喊，“静呀——”

艾静急忙推门进去。

看到艾静走了进来，俊雄大口大口地喘着气，从枕下摸索了半天，最后他摇了摇头，说：“瞧我，这是怎么了，这是怎么……”他又把空着的手抽了出来。

艾静走上去，一下子抱住了俊雄：“俊雄，你不要太悲观，会好起来的，你一定要咬住生命的希望，别放弃！”

这时，护士走过来，把艾静拉开了。

Chapter 72

在情侣影院里，艾静接到了俊伟的电话。

电话里俊伟泣不成声地告诉艾静说："俊雄的葬礼上午已经举行。俊雄临死前一刻还对我说，'葬礼就不要告诉小静了，我的死相一定很难看，怕吓着你！'他留了件东西，让我交给你！"

艾静心里乱乱的，不仅是因为俊雄的死，还因为她刚和韵桐做爱后闲谈时起的"烽烟"。

"你这么好的女孩，为什么选择这样的生活？我对你曾有过许多想象，却没有这一种。"韵桐把满满一瓶贝克喝下去后，接着说，"我发现，对你的情况知道得越多，似乎不知道的更多！"

"我让你失望了？是不是？"艾静一听他这么说，先前所受的委屈又泛起来。

"你让我怎么说呢？唉，真没法说，真实，那天在山上咱们自拍的合影不小心让我的爱人看到了，她因此还跟我大闹了一场，说很像在友谊商场看到的那个被大款包养的，包养的……"韵桐说不下去了。

"二奶，是不是？"

"你怎么这么说，当时我说我们只是一般的文友，参加一个笔会时照的，而且许多人也都这么照了。当时我爱人说，'算了，你别解释了，解释有时就是掩饰。就那么一个人我没有兴趣听！你再折腾，我想你也不可能品位低到和这么个人折腾吧！'"

"你干吗跟我说这些？你想离开我就直说，用不着先哄我，跟我做爱，再拐弯抹角地说这些，你不就是想说我这样的人做你的情人或被你玩都不够份儿吗？”艾静一边收拾自己的东西，一边冷冷地说。

“不是这个意思，我只是想说——”

“你什么也别说了，”艾静堵住了他的话头说，“我什么也不想听！”

“你听我把话说完！”韵桐拉住将要离开的艾静，“我只是想让你换一种方式生活，一种健康的、有尊严的方式！你还这么年轻，你不为我，也应该为自己未来的生活多想一些吧！”

艾静挣脱了韵桐的手，扭头就走。影院里很黑，艾静的腿磕在茶几的角上，还把一瓶贝克碰洒了。韵桐摸索着去扶酒瓶时，艾静已摸黑走向了影院的出口。

她打了一辆出租车疾驰而去。其实，她知道韵桐是永远都不敢跑出来追她的。他怕万一被熟人撞见，那他的损失就大了。为了一个女人，他会吗？

手机响起。艾静以为是韵桐的，没接。就这么一直响着，一个劲地响个不停，艾静想关机时，却发现是俊伟打来的。

俊伟的家在海滨一个优雅的小区里，从落地窗里望出去，能看见海天一线的大海。

艾静来到他家时，天色已黑了下来。进门时，艾静看到门口还有一双精巧的女式拖鞋，她一愣，不知自己该不该穿它。

他身边一定有女孩子，艾静心想。否则，一个未婚的男子家里怎么会有女人的东西？

俊伟好像看穿了艾静的心情，忙从鞋柜里又拿出一双男式拖鞋来，说：“你穿这双鞋子吧，这是我的！”

这是一套宽大的两室两厅双卫的单元房，由此可见俊伟毕业后事业发展得还不错。年纪轻轻的，不依靠父母，能住得起这样房子的，一般都属于成功人士那个范畴了。

在俊伟的卧室里，她看到了宽大的双人床上方有一张熟悉的大照片。那个女孩长发披在身后，美丽的脸庞上挂着羞涩的笑容。那不是自己吗，他怎么会有？

俊伟的手搭在艾静的肩上，由于多日缺少睡眠和丧兄之痛折磨的脸上挤出一个感伤的笑，他是为艾静笑的。艾静不敢去看他，而是把目光集中到墙上的照片上。

"这是咱们大学毕业时的毕业照，我是从那一群人里面把你的影像专门抠出来做的效果，几年来都挂在这儿。"

"这多伤你的女朋友呀！"

"你是唯一！她们无法去争的！"说着他把艾静搂紧了。

"哦，对了，"俊伟把艾静放开，从贴身的衣袋里掏出一样东西，"这是我哥临终前让我交给你的，四年前买的，当时在友谊商场，是他选的天然品质最好、纯度最高的一条，他一直没来得及送你。他说，'紫水晶象征着爱情，这东西，他没有送过第二个女人，他说这是属于你的！请你不要嫌弃——'"

俊伟说不下去了。

俊伟望着艾静，眼睛里充满了乞求，好像生怕她不会接受哥哥最后要表达的心意似的。

"你收下吧，就算他留给你的一个纪念！好不？"

艾静接过水晶项链，它真沉，好像承载了太多的内容，让艾静难以托住它。她想到那天在医院，俊雄在枕下摸索了半天，最后把手空空地抽了出来。他当时一定是在摸水晶项链，犹豫了半天却没敢拿出来送给她，怕她拒绝。

"我感到你过得并不好！这些年……坐！"俊伟一边拉艾静在床上坐下，一边把她抱紧了，头虚弱地埋进艾静的颈窝！

"那时，你为什么离开我？为什么？"艾静依然埋怨他。

"以后再说。求你了！"艾静感到自己脖子里，有湿湿的东西在不住地往里滴。

艾静也搂紧了这个刚失去亲人的男人。女人的脆弱中有许多天性的矫情，但是男人的脆弱却是发自骨子里的。像现在的俊伟，他失去了从母亲子宫里就与自己身心相系的胞兄，他是那么需要安慰和宽解。此时她再逼他什么,未免显得太过残忍。

“想开些吧!俊雄若知道你这么痛苦,他一定会走得不安生的!”艾静抚着他的头说。

“咱们在一起生活吧!”过了好久,俊伟说。

“是为俊雄的遗嘱吗?”

“也不完全是!这是我从上大学第一次见到你后,就一直做的梦!”

艾静好像又看到刚到大学报到时,那个帮她提起重重行李的阳光男孩儿,那时他们真的太年轻了,而且那么单纯。天空还是那个天空,怎么随着年龄的增长,天空的颜色就变了呢?也许,是经历让人的眼睛不再清澈了!

俊伟激动起来:“静,我想要你。骨子里都想。想了我所有认识你的时间!我好想深深地占有你一次,这样你就完全是我的了!”

他紧紧地环着艾静的腰,好像手放松一点,艾静都会像鱼儿一样滑脱,再也找不到似的。

Chapter 73

面对一个悲痛欲绝的男人，艾静无法拒绝。

不是在安慰谁，好像是对自己的一种安慰似的，在俊伟进入她身体时，她内心升起了一种邪恶的快乐。

后来她想，那更像是一个报复，对韵桐的，对俊雄的，对田野的，也有对俊伟的。她不知为什么要报复他们，反正她的身体正在向他们进行一场讨伐。

这之前，俊伟说："你别有顾虑，我前几天刚检查过，我身体里不携带HIV，也没有其他病变！不信我把化验单拿来！"

艾静逗他说："你难道不怀疑我是 HIV 或其他性病的携带者吗？"

"若你真的有，我都会陪着你的，一生一世！"

艾静感动地贴住他，望着他那张虽然极度疲惫却俊秀依然的脸，她喜欢这张脸，那是和她的大学相系的，那是和她单纯的少女时代纠缠着的。

俊伟的身体和当年俊雄的一样好。当俊伟进入她时，一种久违的感觉又泛起来，她情不自禁地喊了一声："俊雄！"

那一刻，她惊住了。俊伟也停止了动作。俊伟的泪水又滴到了艾静的脸上，艾静的眼睛也湿了。

"对不起，你们俩真的太相像了，我一下子把你们搞混了！"艾静解释着。

"没事的！本来就是双胞胎！不像就不对了！"俊伟用嘴唇去吻艾静的眼睛。

艾静一跃而起，把身子翻到俊伟身上，像一只小母老虎一样，狂野地骑

在她的猎物身上，像个饕餮之徒，贪婪地向着快乐的极点冲刺。

俊伟的身体真的和那时的俊雄一样好，让艾静高潮迭起，她恣肆地叫着、笑着、呻吟着。几年来，她感觉自己的身体从没有吃到过这么久违的“大餐”了。和田野没有，和韵桐也没有。

他们歇下来时，艾静却狠劲地用拳头向俊伟肩上砸去，她想把自己近些年所吃过的苦楚一股脑都发泄给他。最后，好像是累了，她伏在俊伟身上痛哭起来。

该哭的理由太多了。为什么是在她什么都经历过之后，在她被伤得体无完肤之后，在她什么都没有，几乎什么都不再相信之后，在她……这些年，在她最需要依靠的时候，他在哪儿？在哪儿？

俊伟不知怎么安慰她，只是徒劳地握住艾静停下来的手，向自己的胸口拍去：“你打吧，使劲打！你有理由打我，你有足够的理由！你真的像梦一样，我的天！让我哥至死都放不下的我的女人！我迟来的爱人！”

此时，在艾静逃到的这家宾馆里，俊伟与艾静的肌肤又紧紧地贴在一起，四肢纠缠着。

哭够了，艾静问俊伟：“若是水果、衣服、网球拍你都可以让给俊雄，可是我是一个人，你曾深爱的女人，怎么也可以让给别人，你怎么可以这样舍得，你难道没有想过我的感受吗？”

“他是我哥，他曾受过那么多的苦，我欠了他那么多，我怎么可以再背上欠他的情感的罪？可是，望着你们在一起，你知道我的心有多疼吗？吸烟、喝酒、泡吧、打架、和一个个女孩子胡乱交往。只是，这一切却仍然让我无法排解痛苦！后来，看到我哥有了你之后还乱交‘女朋友’，我不止一次地和他吵，好几次还动了手！也许是报应，他的‘女朋友’中，有好几个都染上了HIV，有两个也死了！而我的日子又有哪一天好过过？”俊伟看着艾静满是瘀血的上身，用手指在上面轻轻地抚摸着，问，“疼吗？”

昨夜的侮辱，重又袭来，她不愿去想。

“这小崽子，真是个混蛋！他再敢动你一根手指头，我绝不会饶他！”俊伟说。

艾静的眼帘垂了下去。

俊伟走了，回报社赶稿子。他从法国捎回的一大包 CD 系列的香水堆在沙发上。屋子里也弥漫着 CD 香水的幽香。

“嫁给我吧！他一定是我的孩子！不是我的我也要，是你的就是我的！”俊伟的话还响在艾静耳边，让艾静感到欣慰。

“但是，我真要嫁给他吗？”艾静问着自己，一遍遍地问着，“和他在一起，我就不可避免地会想到俊雄，想到曾遭受过的伤痛，看到我成为一个‘情感病人’的历程。”

临走时，俊伟告诉艾静那个天大的喜事是她写的名为《情感病人》的长篇小说，他拿给了出版社的主编看。主编看后说，无论是故事结构还是语言都不错，他已考虑过些时候和作者联系，洽谈版税等具体问题。

艾静没有感觉这是个好消息。她认为自己所写的小说只是她从内心里清扫出来的情感垃圾，在不幸与苦难里结晶出的物质，像大海里开出的盐花一样，有什么可值得高兴的！

“你都写长篇了，我都觉得难堪！”

“这说明你的女人优秀，你又有什么难堪的？”

“你都能写长篇了，我还没写！”

和韵桐曾经的对话，又响在艾静耳边了。艾静叹了口气，韵桐是个什么样的男人呢？他一边说着她在他的血液里，一边又总是为自己考虑。这一点和俊伟相比太不同了！

艾静不屑地抿住了双唇。

但是，仅仅是过了一瞬间，艾静又有些自责。他毕竟是自己深爱过的男人，毕竟曾给过她那么多的安慰，她应为过去曾有过的那些美好而祝福他。

有一件事的发生，说起来，连艾静想起来都觉得莫名其妙或不可思议。但是，它却发生了。

还是在俊雄下葬的第二天，也就是艾静的身体不到两个时被韵桐与俊伟相继“侵入”的第二天，她出门了。没有什么目的地，只想散散心。本想邀兰梅同去，兰梅刚好与老板去谈生意，艾静只得一个人出行。

田野也没反对，看她天天在家窝着，他也觉得自己陪她的时间少了些，而公司又离不开自己，便也愿让她外出散散心。

旅行社的大巴晚上八点出发，旅程为山西云冈石窟及五台山。

车上几乎都是三三两两结伴的旅客。有家人、有朋友、有恋人，而像艾静这样单独出行的除她之外，还有一个男人。

为了方便，旅行社安排座位时把结伴者安排在一起，而把单身前来的人安排在后面的座位上。因天气有些凉意了，车上并没满员，后排座上堆了许多旅客的背包。

汽车刚出发时，人们由于兴奋还说说笑笑，导游也组织人们做了些游戏，但随着旅途行程的深入，困顿和疲惫随之袭来，一个个像缺了水的瓜秧，东倒西歪地打着盹。坐在双人座外侧的艾静，一直在听MP3，听着听着，MP3里储存的歌曲好像都成了催眠曲，把一直睡眠不好的艾静催入了梦乡。

一个急刹车，车上的人们都被惊醒了。好像高速公路上有汽车追尾，由于还没来得及设警示灯，大巴司机开到近处时，才发现前方出了交通事故。

艾静睁开了眼睛，看到自己的头靠在旁边那个男人的肩上。车厢昏暗，艾静看不清那个人的脸，却能感觉到他那张年轻的脸上充满的热情。

车子开动不久，艾静的意识又模糊了。迷迷糊糊中，她感觉自己的头向一边歪去，她用仅存的意识命令自己把头摆回靠背上。不一会儿，她的头随着汽车的晃动，又歪向那个男人的肩头。迷迷糊糊中她感到有衣服搭在自己身上，肩膀在那一刻也被搂住了。有一股气息随着颈口衣领的开处钻进来。

她想睁开眼睛看看发生了什么事，可她的眼皮好像是两面厚厚的门帘，她无法把它们掀开。

看她没有反应，以为她默认了旅途中将要出现的艳遇。那人的舌头便在她的耳垂及耳廓间轻轻地舔动起来，湿热的气息使她感觉痒酥酥的。

那是谁？俊伟吗？哦，俊伟和他的哥哥那样相像，无论是相貌性情及身体的结构，相像得让她多次产生错觉。她在错觉里迷乱着，在错乱里陶醉着。

Chapter 74

还是有什么发生了。

从云冈石窟回酒店已是下午了，一路奔波的人们都累了，导游安排大家住进了预订的房间。

在领房间的钥匙时，男人看了一眼艾静，抢先一步，走到导游面前，指着艾静说："我们是一起的。"

导游小姐对他们笑了笑，心领神会地把房间的钥匙交给了他。也许在旅行团里有太多这样的故事发生，只要当事人愿意，他们也都愿意成全客人们的"好事"。出来玩嘛，玩得不开心谁还跟团出来？

艾静早已看清了男人的相貌，不高不矮不胖不瘦，长相说不上英俊，但也不丑陋。他说着一口略带西北口音的普通话。让艾静感兴趣的是他的连鬓胡子，虽然剔过了，上面青色的胡茬仍隐约可见。艾静的父亲就是连鬓胡子，小时候父亲总是用脸蹭她的小脸，而她总会一边笑着一边嗷嗷叫着跳开。父亲的脸简直像一把小锉刀，把她的脸都锉疼了。

一进屋，艾静刚刚把旅行包刚下，男人即一把搂住她，也不顾浑身的尘土，抱住艾静就吻。

"我先洗个澡！"艾静把他推开。

"要我给你搓背吗？"男人一边温柔地理着艾静的满头乱发，一边说。

艾静把一个微笑丢给他，便把自己关进了卫生间。

艾静从浴室里出来，刚到床边时，男人即把艾静扔到了床上。他一下扑了上来，把艾静压在了身下，说："我是大灰狼，逮到了一只小羊！"说完还学了几声狼叫。

艾静也学了几声小羊咩咩的叫声，撒娇地说："狼来了！狼来了！"

他们又笑着扭作一团。

佛家讲的三界：第一个是欲界，第二个是色界，第三个是无色界。极乐世界即是指无色界，涅槃指的也是无色界，那便是超脱俗世的苦海了。若那次她没被田野救起，她可能也在无色界了，就不会在情感中一病再病，生不如死。她常常这么想。

几天玩下来，他们俨然一对恋人一样出双入对。就连旅行团里的导游小姐也不再怀疑在这之前他们互不相识。

分手时，艾静想问他的名字。见对方没有问她的意思，她即打消了这一念头。

"若咱们有缘，会再见的！"男人说。

"我想也是！"艾静的眼里闪动着依依离别的情意。

男人一下子抱住艾静说："你是个非常好的女人，我也舍不得你！你那么美好，让我一生难忘！感谢山西之旅！"

艾静背过身去，向一辆出租车招了招手。她不愿让男人看到她在哭。钻进出租车时，她看到男人还站在原地向她挥手。

那一刻，艾静真想冲出去，给他留下手机号码。她忍住了。也许只有这样，才能留住男女间的美好记忆。

接连几天，艾静和三个男人有过性接触，再加上田野，一共四个人。一个多月后，她发现自己怀孕了。她不能确定这四个男人里，谁是孩子的父亲。

快乐是需要付出代价的，有时候，我们承担得起，而有时候却不能。

Chapter 75

起雾了。艾静在宾馆七楼的窗口往下望，除了偶尔能听到车声人声，一切都好像被紧锁在一个巨大的欲望里，只闻其声，却不见其形。

与外界隔绝了七天的艾静，心绪好像宁静了许多。肚子里的孩子已三个月大了。关于肚子里的孩子，一定要拿个主意了。

由于关了手机，知道她行踪的人只有俊伟了。俊伟现在除了料理单位的事物，就是来宾馆陪艾静。俊伟曾多次提议艾静搬到他那里住，却被艾静回绝了。她想在这样一个没有任何记忆与痕迹的地方，好好让身心休养一段，然后再走出她生命里最重要的一步。

起雾了。若晴空万里，现在应是夕阳西下的时刻，从艾静的位置望出去，应能望见冬日里极度贫血的夕阳。

屋里的暖气烧得很热，艾静只穿了件棉质玫瑰红色的短衫及白色的休闲裤。长发随意地盘在脑后，有几缕没有完全收起的稍短的发丝垂在耳畔，好像随时聆听主人的心声似的。

有敲门声急促地传来。艾静疑惑地走到门边。

“谁？”她问。

“有人找您！”是服务小姐的声音。

迟疑了片刻，艾静才把门打开。

她愣在了那里。

门外的人却一把拉住她，对服务员道了声谢便把门关上了。

“你让我好找！把我都快急死了！”来人把仍没有回过神来的艾静裹进怀里。

"你为什么要出走,为什么?你的电话也打不通。跟兰梅联系,她说也找不到你!我还给你老家打过电话,你的爸妈也说不知道。我便在本市的宾馆一家家地查找……我知道一定是豫锋让你受了委屈。问他,他什么也不说。没有你,我的日子还怎么过?怎么过呢?"

"我透不过气来!"艾静使劲地推着,田野这才把手松开!

"准是那小子欺负你了,我饶不了他!"田野仔细地从头到脚打量着艾静,好像怕她身上少了什么零件似的。

"宝贝儿,让我看看你,瞧,又瘦了。"田野伸手在艾静的脸上轻轻抚摩着。

"宝贝儿,为找你,这几天我连医院都不去了,让豫锋在那里守着。"

"你老婆——手术做得怎样?"艾静强迫自己镇定下来。

"哦,还好,结果出来了,是癌,割掉了一个乳房,不过没有扩散,还需要做一段时间的治疗。"

艾静下意识地在自己的乳房上摸了一下,眼睛睁圆了:"你是说割掉了一个?"

"嗯,不过以后可定做一个大小相同的义乳,不影响美观。不过她都老婆子了,美不美观又有什么关系呢?反正我也懒得摸!"

有东西在艾静的咽部堵着,她往下吞了几下,那东西仍塞在那儿,哽得她很不舒服。

"你怎么能这么说,这对一个女人来讲,是多大的痛苦呀!哪天我是老婆子了,你是不是也懒得摸我呀?"艾静像不认识他似的望着他。

"你想到哪儿去了?你跟她不一样,心肝儿,你是我命里的!你不知道这几天我怎么找你、怎么急,若知道了就知道你对我有多重要了!"田野拉艾静在自己身边坐下,脸紧紧地贴住艾静的脸,手死死地搂住她瘦削的双肩,好像生怕她再次逃脱似的。

艾静像想起什么似的问:"你老婆不是说手术后有话想对我说吗?"

"算了算了,她一个乡下娘们儿还能说什么!"田野不耐烦地挥挥手。

"说嘛!"艾静噘起嘴来。

"她说之前,我有个条件!"田野把艾静的手放到嘴边,轻轻咬了一下!

"瞧,你总不忘做生意!"艾静抽出手,走向窗边,把窗帘拉开了一角,街头亮起了许多盏霓虹灯，在雾色里，像铺在了一块很大的调色板上，被一个末流的工匠把各色染料混作了一团。

田野走上来，搂着她的腰："心肝，我想死你了。"说着从口袋里摸出一个盒子来，"瞧！这是朋友从美国带来的伟哥！吃了后厉害着呢！"

"我没心情！"艾静默然地把头转向窗外。

田野一下子拉下脸来，声音也提高了八度："你是不是心里有别人了？要不你搬出来干吗？"

艾静仍望着窗外，双臂抱在胸前。

"你说话呀！我没日没夜地找了你好几天，就听你对我说没有心情的吗？"

"你说话小声点，这不是你家！"

田野拽住艾静的胳膊："走，跟我回家！"

"不！"

"走！你是我的女人，你不回家在这里呆着干吗？"

艾静瞥了他一眼，好多没有说出的话都含在那一瞥里了。

田野的口气软下来："宝贝，别任性了，咱们回家去，好吗？"

"要走你走吧！我想一个人呆会儿！"

看艾静仍拧着，田野便去衣柜里拿来艾静的毛衣及外套，拉过艾静就往她身上穿。艾静挣扎着。田野却不管艾静是否愿意，强行往她身上套。

"你这是在干什么？"俊伟出现在他们面前。

他们争执时，没有听到外面的门响。

"你是谁？"田野望着俊伟，他放开艾静站起身来，指着俊伟铁青着脸说，"哦，你就是那个叫肖俊雄的吧？怎么，你又来纠缠她了？"

"你别血口喷人，放开小静！"

"你有什么资格出现在小静面前，你都把她害成那样了，她就是为了你而跳海自杀的！要不是我救了她，给了她现在的生活，她现在早就——你听着，你若再敢打扰小静的生活，我会杀了你！"田野见过俊雄的照片，就把和俊雄长得极其相似的俊伟当成了已故的俊雄。

"你说什么？她自杀过？"俊伟愣住了，因为这段历史艾静从没有告诉过他。他只知道艾静突然从他们的视线里消失，没想到艾静会自杀。

“你不知道吗？还有呢，当时她还怀了你的孩子，被救起后，小静活了，可她肚子里的孩子却死了！你这个人渣，你还有什么资格再出现在小静的面前？小心我宰了你，人渣！”田野的脸涨得通红，眼珠子瞪得像要从眼眶里滚下来。

艾静知道田野的脾气，他一般不会较劲，一旦较起劲来，十头牛都拉不回来。

以前在生意场上，有人拉走了他的货物不但没给他钱，人也消失了。他找了几个人暗中摸到那人的家，把他的家砸了，还扬言谁破了游戏规则，就把他全家灭了。没多久，那个人便把钱乖乖地送了来，还在一家大酒楼里设宴赔罪。

“哎呀，都别说了！”听艾静从没那么大声喊叫，他们都止住了嘴巴。

俊伟像一个犯了大错的孩子一般手足无措。哥哥深重的罪孽，让他不知以怎样的方式去背负、去面对。

艾静也不看他们，默默地收拾自己的物品。她只好这么做，否则，她不知这种场面会如何收场。两败俱伤，那是她不愿看到的。以前田野就想找人收拾俊雄，被艾静拦住了，这次“他”自己送上门来，田野饶得了他吗？而俊伟根本不是田野的对手。

田野把一叠百元大钞丢在床上，看也没看俊伟，说：“麻烦你去前台结账吧！以后你别再出现在我面前，否则，有你没我！”

他提起艾静的皮箱，拽着艾静就往门外走。

俊伟茫然地站在那儿，望着他们消逝在自己的视线之外。

Chapter 76

艾静随田野回家了。

林阿姨正在捞水族箱里的死鱼，看他们进门来，先是愣了一下，而后放下手里的盆迎了上来，握住艾静的手，满脸堆着慈祥的笑说："你可把全家人都急坏了！回来就好！回来就好了！"她叹了口气，好像一颗悬着的心终于落了下来。

豫锋头也不回地坐在沙发上看电视。

"鱼，怎么全死了？"艾静望着盆里装得满满的观赏鱼说。

"可不是，也怨我，这些天没顾得上照顾它们！"林阿姨说着，暗暗地推了一把豫锋。

"你小子，怎么在家？你怎么不去医院里陪你妈？"田野厉声说。

林阿姨赶紧走上前来，指指主卧室说："在屋里呢！她非要回来，拦都拦不住。"

豫锋这才偏过头来，斜着眼睛望着他们。

艾静吓了一跳，豫锋的左半边脸和眼睛周围青一块紫一块的。他怎么了，和谁打架了吗？她马上意识到，他的被打肯定和她出走有关。

田野在豫锋头上狠狠地戳了一下，气急败坏地说："你要再不老实，我揍死你！"

豫锋下意识地抱住头，以防气头上的父亲再向自己下狠手。

田野却急匆匆地向自己的卧室里走，一边走一边气呼呼地说："线还没拆，怎么就跑回来了？不要命了？"

艾静走到水族箱前，拾起掉在地上的一条接吻鱼。它的身子早已硬挺了，还泛出一股腥臭味，看来它们死了很久了。水族箱里的水还没有换掉，泛着深绿色。

看艾静怜惜地看着鱼儿，林阿姨说："旧的不去，新的不来！回头我再去买！"

"哼，就是买了还会死！"豫锋在一旁乜斜着眼睛讪笑。

"少说两句吧，小锋，你爸要是听见了又饶不了你！"林阿姨板起脸小声嗔怪着。

豫锋狠狠地瞪了艾静一眼，拿起遥控器，把电视的音量调大。

"你又来劲了？找抽呀？"田野从屋里走出来，对豫锋吼着。

豫锋不情愿地拿起遥控器把声音又调小了。

艾静后悔从宾馆回来了，可不回来，田野与俊伟对峙的状态又怎么收场！

"怎么样呀？她？"艾静拉了一把田野，为了把话题岔开，也为表明对阿秀的关心。

"哦，过一会儿我再把她送回去，虽然线已经拆了，可还要输液，还有一系列治疗和化验要做。"

艾静向阿秀的卧室走去，到门口时却又停下了脚步。

田野见状闪到了艾静前面，走到屋里对躺在床上的阿秀说："小静来看你了！"

过了半天，阿秀才慢慢扭过脸来，凹在盆地里的眼睛毫无生气。她想说什么，咽部滚动了一下，又咽了回去。眼睛闭了闭又睁开来，算是打了招呼。

艾静走到阿秀面前，脸上露出关切来："一定挺疼吧？还是去医院吧！

阿秀的眼睛又闭了闭。睁开时，眼睛里透出一丝不易察觉的笑意。艾静还是捕捉到了，她可是很少会笑的。

"你歇着，我就不打扰你了！"

艾静帮阿秀把被角掖好，从她床边退了出来，走向自己的卧室。卧室里还是她走时的样子，被豫锋撕破了一个长口子的睡衣扔在枕边，喝了一半的咖啡杯里生了一层灰黑色的霉菌，《琴声如诉》敞开着掉在地上，床头柜上的那束掩映在情人草中的粉色玫瑰，早已经干枯成了植物标本。

生命本没有意义，都是向死亡、向属于自己的墓地行走的，只是在这个过程中，是人赋予生命体意义的。像这卧室里死去的许多东西，他们只不过是心情的物化语言，有心情就有它们的存在，人的心情没有了，它们也就死了。

艾静把自己扔到床上，感觉屋顶都旋转起来了，自己像极了一堆祭坛上乱糟糟的肉。她想起将要出版的《情感病人》，那算什么呢？那也是祭坛上的一撮肉吧？它真的出版了，摆在了书店的书架子里，又怎么样呢？它对自己的生命又是怎样的点缀？它又能让自己真正快乐多少？

"小静，电话！"田野走进来，把无绳电话递给艾静。

"谢天谢地，你在！这个礼拜你都疯哪儿去了？害得我好找，韵桐说不知道，俊伟什么也不对我说，都急死我了！"电话那头的兰梅一口气说了那么多，然后才长长地舒了口气。

"你别担心，我这不好好的嘛！你还好吗？"

田野站在艾静身边并没有要走开的意思，艾静皱了一下眉头，起身走向窗边。

田野见状才没再听她们说什么，走了出去。外面起风了，雾小了些，不远处的灯光隐约可见。

"我要结婚了！"兰梅兴冲冲地说，"这不，最近几天除了找你，就是找房子。"

"找房子？"

"可不是，得买一套合适的房子安身呀！"

"是他吗？"

"没错，就是我现在的老板，李总。告诉你，我已经怀孕了。再不结婚，婚纱我就穿不上了！"

"怎么，你怀孕了？几个月了？"这消息让艾静吃惊不小。

"才一个半月，还小着呢！"

"你爱他吗？"

"他现在对我挺好，谁知道以后会怎么样？嗨，想那么多干吗呀？咱们都是曾经沧海的女人，所以走一步看一步，就是以后离婚也没有什么可怕的，拿走一半财产，拿走孩子，一辈子什么都有了！”

兰梅也有孩子了！艾静突然想起自己肚子里的孩子，可是自己为什么没有她那么看得开？

“你爱孩子吗？”艾静试探着问。

“男人这东西你也知道，相信他们就像孩子相信童话，最后还不是一个凄美的故事而已！能给咱们安全感的只有钱，明白吗？而孩子是留给自己解闷的，养个狗呀猫的不也是养么，养孩子跟养狗猫没啥区别，一条狗最长寿的也就能活 17 年，孩子会陪到咱们离开人世的时候，多划算呀！”

兰梅这么说，让艾静哭笑不得。天大的事，到了她那里都变得简单了。

“可不是，又能指望孩子什么，养老吗？都什么年代了，只要有钱，就老有所养。孩子就是宠物，是留着让咱们解闷的！”

“还是有责任的！”

“责任当然有了，养小狗小猫也要尽责任呀，要吃、要住、要耍、要陪，生病了还要去宠物医院！艾静，你记着，当咱们不把过多的希望和义务压到他们身上的时候，好多事都变得非常简单和轻松了！”

兰梅的话在艾静心里产生了震动，让她想了很多。她有些歉疚，因为她始终没把自己怀孕的事告诉她。让艾静无法开口的是，兰梅知道孩子的父亲是谁，她自己却一团雾水，让她怎么说呢！

“还有一件事要告诉你，韵桐因为找不到你，给我打了电话，说先不跟你联系了。说他爱人最近一直跟他闹，还要到他单位去闹，好像她曾跟踪过他，掌握了他的什么事儿，他说等家里的事摆平后再跟你联系！”

“你没事吧，艾静——”听艾静没做回应，兰梅在电话里叫着她，声音听上去急切而又焦虑。

第二天一早，在阿秀被豫锋扶着走到门口时，阿秀转身叫了一声走在她身后的艾静。

“是不是忘了什么东西？”艾静说着，眼睛环顾了一下四周。“也许她去医院时还有东西要带。”艾静想。

阿秀从口袋里掏出一个信封,递给艾静。走在她旁边的田野抢先接过来,也许他怕她做什么事会伤害到艾静,他问道:"这,这是做什么?"

阿秀尽力把字吐得清清楚楚:"我不是说有事要对她说吗?到时候了!"她微笑着望了一眼身边的儿子和正去开门的林阿姨。

她又在笑。艾静没记错的话,她每笑一次,艾静的大难就会来临一次。

田野打开那个信封时,艾静愣住了。那不是她以前丢在医院里的那本病历吗?她突然想起那夜豫锋提到她怀孕的事。她的病历,又怎么会在她这里?

田野拿着病历的手有些抖,喉结翻动着,他极力压抑着自己的情绪,望了一眼艾静,又望着眼前的每一个人问:"这,这是怎么回事?你们这都是搞什么名堂?"

"你问她呀!"阿秀仍微笑着,也不看田野,眼睛仍盯在艾静的脸上。豫锋则站在他母亲的身边,乌青的眼睛也在笑。林阿姨放下欲打开门的手,神色飘忽,好像不知该不该从屋里走出去。

田野的眼睛从翻开的病历本上移开,一根手指抬起艾静的下巴,眼睛死死地盯住她说:"这事,可是真的?"

艾静紧紧地抿住下唇,一言不发。她的心里很乱,她不知道自己的病历怎么会落到她的手中。

"怀的可是我的孩子?"田野强行压抑着自己问道。

不知是一股什么力量,让艾静平静了下来,她也紧逼住田野说:"你能说他不是你的? 你能说吗?"

田野的身子抖得更厉害了。他把病历朝艾静的脸上狠狠地摔去。像一只被疼痛折磨的老狗一样,在屋里不停地走着。他一边走一边连连摇头自语:"真没想到,我他妈的真想不到,到头来养了只白眼狼!"

病历本刚好划到艾静的一只眼睛上,又酸又涨又疼。她还是强忍着,不让泪水从受伤的眼睛中溢出。

"看来,阿野从没告诉过你,他在跟那个女孩生下孩子后,就做了绝育手术!他不可能再让你怀孩子了!"阿秀说话了,语调仍然很平静,她的脸上仍挂着笑意。豫锋搂着她,好像怕她不小心摔倒了似的。他的脸上挂着复仇后难以掩饰的幸灾乐祸。

“阿秀，总这样站着你的身体会吃不消！”林阿姨在一边说。

“妈，咱们还是去医院吧！”豫锋扶着母亲转身向门口走去。

田野指着艾静半天才说：“你、你，老实给我在家呆着，这事你得好好给我说清楚，否则我跟你没完！”

“哈哈，就她，有一百张嘴也不会说清楚喽！”豫锋阴阳怪气地说着，留下一阵开心的狂笑。

看他们都走了，林阿姨犹豫着停下脚，转向面无表情的艾静，脸上堆起笑意安慰着她：“好好歇着，别想太多，没有过不去的桥！”说完，她也快速地转身而去。那一刻，艾静注意到林阿姨的笑容收起得竟是那样快。

她曾两次在医院里或医院外看到过林阿姨的身影，那时她还以为是自己看错了。还有落到田野手里，后来被艾静发现后吞到肚里的那张纸片，是不是也与她有关？

艾静不明白，自己与她无冤无仇，对她那么好，那么信任她，她为什么要这样做？是受谁的指使或暗示？是为了讨好她的主人？还是因传统的道德观念根深蒂固，容不得艾静的这种离经叛道的行为……

艾静倒吸了一口凉气，头涨得像黄河上船夫划着的羊皮筏子，腿一软就跌坐在地上，除了极度羞辱，她感到的还是羞辱。作为女人的尊严就那么被这间屋里所有的人像扔在地上的病历本一样践踏了。

Chapter 77

艾静端起杯子送到唇边时，才发现满杯的牙买加蓝山咖啡，不知在什么时候早已被自己喝空了。

空。

就像这机场优雅的咖啡厅，除了她，其他座位都空着。而她像极了每张桌上都插着的红玫瑰。孤独虽然很像一根粗砺的鞭子，不时向她抽打，此时她却感觉不到疼了。

那声音更加急促了。好像不那样呼喊，那个目标就永远消失了似的。

艾静迟疑了。她的手机号码只有兰梅知道，莫非……

“别走，静，艾静！你给我回来，我不能让你走。我生命里再不能没有你，再不能失去你！我想用自己的一生呵护好你和孩子！”

“你放我进去，你放我进去！”由于被阻挡，来人正一边跟机场的地面人员争执，一边对她拼命地呼喊着。

艾静停住了脚步，转身向喊她的人望去。远远地，她看见俊伟不顾安检人员的阻拦，正拼命地向她边喊边挥动着手臂……